いにしえから架かる虹

——時と装いのフーガ

武田佐知子

はじめに

いつかエッセイ集を出してみたいというのが、永らくの夢だった。

中学時代から同人誌を作って詩を書いたり、小説のまねごとみたいなものを分厚い大学ノートに書きつけたりしていた。

書くことは嫌いではなかったが、日本史の論文を書くようになって、次第に専門以外のものを書く機会が減っていった。だから新聞社などが、自由にテーマを設定して書くことを許してくれると、極力、古代史や服装史から遠い話題を選んで書いてみたりした。

そんな中から選んだエッセイをまとめたいと思いはじめたのはなぜなのか。

あるとき、朝日新聞社から何か連載をしてみないかという話があった。ちょうど母を亡くした直後で、母の遺した書と歌の遺作集に載せる年譜を作るために母の日記を読みふけっていた私は、母の一生の記を書きたいと申し出て、三〇回にわたって書かせていただいた。

近・現代史は不案内な分野だが、母に密着した歴史をひとつひとつ手探りで確認しながらの作業は、母の不在を忘れさせてくれ、私はそれに熱中した。


幼い頃から母と歩いた奈良や大和路は、私の古代史研究の原風景であった。

母方の祖父の実家である桜井市吉備《きび》の家の裏手にあった吉備池《きびいけ》は、母と二人、二上山《ふたかみやま》を池の向こうに眺め、大津皇子《おおつのみこ》が、

百伝《ももづた》ふ磐余《いはれ》の池に鳴く鴨《かも》を、今日《けふ》のみ見てや雲隠《くもがく》りなむ

と、辞世を詠んだ磐余池《いわれいけ》に擬して、万葉の思いにふけった懐かしい想い出の地でもある。本当の磐余池は、ここから少し離れたところにあったらしいが、かわりに舒明《じょめい》天皇の時に造られた最初の勅願寺、百済大寺《くだらのおおてら》が、まさにこの池に重なって存在したらしいことも明らかになった。

藤原宮《ふじわらのみや》の大極殿《だいごくでん》跡の傍らにあった鴨公《かもきみ》小学校の校舎には、瓦など出土物の展示ケースが置いてあり、ガランとした休みの日の校庭で、持統天皇の故地に思いを馳せたものである。

レンギョウの黄が、くずれた土塀にこぼれかかる早春の大和路——それが私の原点だったかもしれない。

歴史学の課題は常に現在にある。私たちは今、何処に居て何処へ行くのか、それを見通すために来し方の道程、すなわち歴史をみるのだといえよう。

母の日記を読み、その生涯をまとめる作業を通じて、あらためてそのことを確信した。ならば、私の生きた時代に書きとめたものをまとめておくことにも、意味はあろう。それがエッセイをまとめたいと思った理由である。

広い視野で、身近な問題をとらえなおし、卑近な事例を、遠い視線で見とおして歴史を考える。私たちの日常の些事すら、今日に至る歴史の中に位置づけられるのだ。

日々の生活の中でのとりとめもないこと、生活感覚を含めた日常雑事から、何を嗅ぎとり、どう位置づけていくか、それこそが歴史家としての手腕の見せどころである。

自分の発想、自分の問題意識から発するのでなければ、血の通った歴史の分析はできないのではないか。身のまわりの事象を、歴史とひとつらなりのものと見てこそ、古代に繋がる今を見据えることができるのだ。

それはまさに古代から架かる虹なのだといえよう。

本書の題を「いにしえから架かる虹――時と装いのフーガ」としたのは、古代と連続する今を、虹でつなぐために選んだ素材が、時代を超えた衣装なのだという意からである。

そこここで同じ主張を繰り返しているかに見えるかもしれないが、それはフーガが同じ旋律を繰り返すように、衣服をテーマとして、衣装を軸に時を辿りながら、古代からの歴史を見とおすという意図のゆえでもある。

最後に、本書の制作にあたり、編集を担当していただいた「いりす」の松坂尚美さんに、多大なご尽力をいただいたことを記して、謝意を表したい。

二〇一四年三月九日

武田佐知子

いにしえから架かる虹——時と装いのフーガ

目次

はじめに——i

第I章 現し世の晨虹——11

1 江湖の彩り ◆ 12
「分相応」と「年相応」……12
トカゲのシッポ……14
一遍の尿療法……16
メル友共同体……17
記憶力……21
写真に託す日本人の証し——中国在住男性の重い運命……25

2 女のイマージュ ◆ 28
娘の心意気……28

リブの闘士？……30
エム・バタフライ――東洋と西洋のはざまで……31
タフな女の子たちに気づいていますか……35
若き女性研究者への手紙……38
夫婦別姓……40

3 古代からの風 ◆ 45

ジグソーパズル……45
中国四千年のミニチュア……47
男装埴輪断想……48
想像ふくらむ豪華な副葬品――カリンバ遺跡……51
古代の巨大建築、交流招く――異民族に和平と交易働きかけ？……55
古代のゆかた……58

4 書見の栞 ◆ 62

眠りの装いを考える――下着から浴衣、そしてTシャツまで……62
女かくたたかえり……64
女性はミシンを踏み内職に勤しんだ……66

良品が呑み手に届かぬもどかしさ……68
「食べるいたみ」に無縁の社会を批判……70
おんなの顔が見える物語……72

第Ⅱ章　ゆかりの虹橋

1　私事来歴◆78

私のライフワーク……78
『古代国家の形成と衣服制』にいたるまで……80
石母田先生の思い出……89
竹内理三先生の想い出……94
ズボンとスカート……97

2　合縁奇縁◆102

広島の村長ふたり……102

大正・昭和の大阪天満宮天神祭——母の日記から……108
お墓と戒名あれこれ——母の思い出によせて……114
ガスビルと大阪学士会倶楽部……120

第Ⅲ章 旅路の彩虹

「右衽」と「左衽」……130
ザリガニとワニとひょうたん——アメリカ・ルイジアナ州……134
豪華ホテルのポリシー……138
砂漠のなかの街で……139
日本を向く墓石……141
草原の情報ルート……142
ベトナム紀行……144
銀の道が運んだワニ……154
西馬音内の盆踊り——秋田県雄勝郡羽後町……160
世界遺産の火葬場——スコーグスシュルコゴーデン……164

第Ⅳ章　時と装いの天虹

中国の民族衣装を紀行する……174
古代日本人の衣服と世界観……191
装いの標識……206
衣服の歴史から見た天皇制……222
男女同形だった日本人の衣服……228
古代社会における法衣の意味――道鏡の裳……233

初出一覧　241

装丁　上原　遥
書　武田道子

第Ⅰ章

現し世の晨虹

1◆江湖の彩り

「分相応」と「年相応」

三十代も半ばを過ぎると、原宿や自由ヶ丘の若い人むきのブティックなどに入って洋服に見入っている時、背中に白い視線の痛みを感じることがある。若い店員が、「この服はあなたさまの年齢にはちょっと……」と、無言の難色を示しているのではないかと、不安にかられるのである。

近代以前の社会では、人はその属する身分によって、衣服や冠《かぶ》りもの、履きものなどに、規制をうけていた。衣服などの色、また形や素材といった属性が、一種の記号的意味を持っており、その組み合わせによって、着用者の身分が、一目瞭然に見てとれるしくみになっていたのである。衣服は寒暑を調節する物理的機能とともに、社会にその人の身分を公示する「身分標識」的意味を担っていた。

「分相応」の衣服を着ることが要求されたのである。

ところが現代の社会は、身分制の枠組みそのものが取り払われたことによって、身につけるものに規制が加えられることは、まずなくなったといえる。収入に規制されて私たちの衣服の質は自ずと限定されている。しかし主観的には、多くの人が「中流意識」を持ち、少なくともお金さえ惜しまない気になれば、どのように高価な衣服をまとうことも可能である。そしてどのような衣服を着ようと、それが場所と場合にふさわしいものである限り、社会的制裁を受けることは、まずないといってよいであろう。

しかしでは、私が「年不相応」の衣服を手にとろうとした時に感じる白い眼、うしろめたさは、何に由来するのだろうか。

近頃の男性のよそおいは、背広、ベスト、髪型、靴下その他、二十代・三十代・四十代と、個々の世代に特有のファッションがあり、これを目印に私たちは人の年齢を見わけることができるのだという、興味深いテレビ・レポートがあった。これは何も男性に限ったことではない。私たちは私たちの年齢を表示する「世代標識」を身につけて、街を歩いているのだといえよう。現代は、身分制に代わって年齢階梯《かいてい》制が、個人を規定する社会なのかも知れない。

中高年齢層を表現する新たな名称が、厚生省から、つまり国家によってなりもの入りで募集される時代である。はては「オジン」・「オバン」まで、世代を表現する語にはこと欠かない。階層意識は「中流」として画一化されながら、世代較差だけはどんどん広がりつつあるのではないだろうか。

雑誌なども例えば結婚・出産・そして老後といったように、ライフ・サイクルの中の一定の年齢階梯にある、細分化された読者層をターゲットに、発刊される時代である。こうした媒体によって、各々の世代の文化・行動様式が、より個別化されつつある。と同時に、同世代人の中での画一化もまた、進んでいるといえよう。かくて、同世代者が共有し、それを身につけることで異世代者と区別が可能な衣服のとりあわせがうみ出されてきたのだと私は思う。「分相応」の語は死語になりつつあるが、少なくとも「年相応」という言葉は、まだ息づいている。

〈1986年1月〉

トカゲのシッポ

学者の必要条件は、運、鈍、根だと、我が恩師、竹内理三先生はよくおっしゃった。私にいわせればそれに加えること体力と視力じゃないだろうか。体力がなくなると、根気もなくなる。視力が減退すると、人の論文を読む根気がなくなる。エライ先生の論文を読んでると、ほとんど注がないことがある。ひとの論文なんて読んで引用するまでもないほど、自説が強固に確立されているんだと、常々感心していたが、ひょっとすると目が悪くなってひとの論文を読む気が失せたせいではないかと、自分の視力が低下してみて、思い至った。

私はズーッと視力がすごくよかった。いつも論文を一本仕上げた当座は、さすがに小さい字を見詰め続けての集中した作業の結果、視力がうんと落ちる。しかし、書き上げた解放感で、ワーッとあそんでいるうちに、たちまちスーッとよく見えるようになるのが常だった。妹に「そういえばお姉さんは、子供のことから、ころんですりむいた傷だって、次の朝にはきれいにカサブタがはって、治りがよかった」なんて、トカゲのシッポなみにいわれたっけ。

ところが、この驚異の復元力が、トンと減退した。特に疲労がたまるともうダメである。こまかい字が、チラチラして読めない。体力がまだソコソコのつもりなのだが、視力のほうがやられてしまったのだ。たまらなくなって、とうとうメガネをつくった。ひどい時は、星のまたたきにも似ていた文字が、メガネをとおすと、くっきりと定位置を持ってせまってくる。字を読むという行為には、字に焦点をあわせるエネルギーが必要だったが、難なく文字を追えるようになった。これで当分「エライ先生」にならなくてすむだろう。

〈1996年5月〉

一遍の尿療法

娘のニキビがひどいのをかわいそうに思って、医大の産婦人科の先生が、特効薬をくださった。三日ほどつけたら、ニキビはきれいにあとかたもなくなった。聞けば、妊婦の羊水の成分を抽出した薬で、さらにいえば、胎児が羊水中に排泄する尿の成分なのだという。

医療技術が進み、生まれる前に発見された疾患は、胎児を母体から取り出して手術し、再び胎内に戻すことまで行われている。手術後、母体に戻して羊水中に浮かべると、胎児の傷が、なぜかスーッと治ってしまうのだそうだ。そこで羊水に何か秘密があるにちがいないと、成分が研究され、羊水中に排泄された胎児の尿が析出されたのだとのこと。

やっぱり一遍上人の尿療法は本当だったんだ。一三世紀の絵巻物『天狗草子』に、時宗の開祖一遍上人が、尼僧に尿を採らせているシーンがある。取り囲んだ信者たちは、「上人の尿は、万病の薬です」「皆がほしがっているので、たくさん尿を採ってください」「私は目が悪いので、これで目を洗おう」「お腹が悪いので、私は尿を飲みたい」と口々に言い立てている。いわゆる尿療法である。

時宗は一種のターミナルケアで、一遍は医療技術を心得ていたふしがある。尿療法は三世紀の中国の医学書にすでに見え、インドでもヨガの行者のあいだで密《ひそ》かに行われていた。数年前流行した尿療法は、起きがけの自分の尿を飲むのだそうだが、中国のそれは、嬰児の、それも男の子の尿がよいとされ、西太后も、若返りの妙薬として服用していたとか……。壮年の一遍の尿のききめは、信仰に根ざす部分も多かったろう。現代医学の成果として胎児尿から薬が作られたというのだから、中世の一遍の先進性に感嘆してしまった。

〈1996年5月〉

メル友共同体

五十を超えたとたんに、昔の仲間がなつかしくなり、頻繁にクラス会が開かれるようになるんだという説がある。確かに五十の声を聞くか聞かぬかという時期から、急に同窓会の数が多くなった。そのうえ、ひとつの会場に集まって会わなくても、自宅に居ながらにして、いつでも好きなときに友と語りあうことができる、そんな時代がやってきた。Eメールのメーリングリストによる会話である。

私たちの世代は、パソコンの達人というわけではない。Eメールなどという代物も、はじめのうちはホントに相手に着くのか不安で、送信キーをクリックしたあと、電話で「着いた?」なんて聞いて、笑われたものだ。クラス会の通知も二年くらい前まではファクスを使うのがせいぜいだった。

しかし次第に家庭にパソコンが普及し、専業主婦たちもやがて子供のお古のパソコンを手に入れてだろうか、メールを始める仲間が増えてきた。そんな高校の同期生の面々が、メールで騒がしくお喋りをはじめた。私の出身高校は、男女共学の東京の国立大学の付属校である。

二〇〇〇年夏、大阪の天神祭のとき、高校の同期生たちに声をかけて、大川を行き来する奉拝船に乗りに大阪へ来ないかと誘い、事務的な連絡をメールでまわしたのがそもそもの始まりだった。参加メンバーに一斉送信すると、「全員に返信」という形で返事が戻ってきて、そこにいつの間にか、軽口のお喋りが付随するようになった。それを名付けて「イメルダ通信」。みんなに号令をかける私を、専制的女帝という揶揄を込めて、誰かがイメルダと綽名した。それと「Eメールだ!」を掛けたあたり、なかなか凝った命名である。

今では「無料メーリングリストサービス」に加入しているので、返信キーをクリックするだけでメンバー全員に、同文のメールが届く仕組みになっている。

天神祭が終わったあとは、デジカメの画像ファイルが添付され、参加しなかった同期生たちにも、盛り上がった祭の雰囲気が充分に 伝えられた。そこで天神祭のデジタル画像を見ながら、祭の余韻を楽しむ「あとの祭」の会も企画され、あたかも天神祭は、全員が参加したかのごとき、共通の経験となった。クラス会で交わす会話と、メールでのお喋りの違う点は、現実の会話はよほど大きい声を張り上げでもしない限り、何十人もの人に聞いてもらうのは不可能だが、メールだと何十人もが、同じ会話を共有できるということだ。しかも海外からの声だって、リアルタイムで届く。朝起きたら、時差のあるヨーロッパから、どっさりメールが届いている。私たちにとって、地球上、最も遠い国のひとつであろうレバノンに、考古学の調査に行っている仲間からは、美しい地中海の光景と共に、次々に古代ローマの遺品など、発掘成果の写真が配信され、古代フェニキアが、親しみ深い現実の世界になった。

同期生だから、世代として共有する悩みがある。多少の早い遅いの差はあっても、老人介護が、誰もの課題である。車椅子を手に入れたいのだが、どうしたらいいか？　という相談が寄せられると、それこそふだんはほとんど参加しない人たちまで、介護用品の専門店が、どこどこにあるとか、買うよりレンタルにしたほうがいいよとか、うちの母が使ったのがあるから、よかったら使ってとか、びっくりするほど多くの情報が寄せられた。

不況は私たちの世代を直撃する。会社経営の友人の倒産が、マスコミのニュースより早く報告されると、他人事ではないと感じる会社人たちから次々に発せられた見舞いの言葉は、企業に身を置かない私たちの胸にも迫るものがある。高校の同級だから、現在の職種も千差万別である。医師、薬剤師、研究所に身を置くもの、航空関係者、農業従事者……。なにか質問すると、必ずといってよいほど、その道の専門家筋が誰かいて、きわめて専門的な答えが返ってくるし、当事者でないものにとっても、やがていつか役立つだろいろいろな知識が入ってくる。

高校時代の他愛もない悪戯が、今頃になって曝露されることもあるし、問わず語りに修学旅行や文化祭の時の、淡い恋の想い出が語られることもある。

仕切りたがり屋が、簡単なルールを作ってくれて、一通あたりがあまり長文にならないこと、自慢話は避けること、とした。仕事から離れて一息ついたときに、このメールを読むことでホッとできるひとときが持てれば、という配慮からである。

メーリングリストは、次々に噂を聞きつけて参加者が増え、現在総数四〇名だが、誰もが恒常的に会話に参加するわけではない。しかし一度もお喋りの仲間に加わらない友も、日々何通も入ってくるメールを、うるさがっているのかと思いきや、読むのをとっても楽しみにしているという声を、方々で聞く。

クラスを超えて、同学年であるという括りだけの集団なので、顔は知っていても、お互い高校時代は言葉を交わしたこともない仲間も多いのだが、メールで交わされる会話が、共通のものとなっているゆえに、旧知の仲以上に、会うと親しみを感じるというのが、みんなが一様に抱く感慨だ。

〈2001年12月〉

記憶力

今日は、記憶力の話をさせていただこうと思います。実は私、〝アラ還〟なんですよ。もうアラ還ともなりますと、ホントに「つるべ落としの秋の陽」という感じで、記憶力の減退にすごく悩まされているんですけれど……。しかしこれも、考えてみれば、つい先頃始まったことじゃなくて、四十代に入った頃から記憶力はどんどん落ちてるなと感じます。強迫観念とコンプレックスにほんとに悩まされてきたような気がします。

超人的な記憶力で名高い人は誰か、ご存じでしょうか？　世界的な博物学者と言われている、南方熊楠です。

彼は一〇歳の頃に、お友達の家にあった江戸時代の百科全集である『和漢三才図絵』というのを、毎日その子の家に通ってですね、その一ページを頭に入れて家に帰って全部書き写したんだそうです。そして、一五歳の頃には、『本草綱目』や『大和本草』など本まで全部書き写しました。本当に超能力を持っていたと思われます。

南方がしたような記憶を写真記憶と言うそうです。つまり、ページをきちっと映像としてとらえてくるらしいのです。

親しくさせていただいている非常に有名な歴史学者であり考古学者の奥さんで、その方もすごく有名な、バリバリの弁護士さんがいます。その方も、全て写真として記憶できる人なんだそうです。

その方のとても面白い話があります。

お正月に山籠もりする時に、スーパーへ行ってカゴ四つ分ぐらいたくさん買い物をして、車で別荘に運んで帰ったのですが、どうも一個分のカゴの荷物を置き忘れて来たらしいのです。御主人のほうは何を買ったかわからなくなってしまっていたけれども、奥さんはその持って帰った荷物を見ながら、そこにない物を、頭の中の写真と差し引きして、スーパーへ電話をかけて「これとこれと、これとこれの入っているカゴです」と言ったら、ちゃんとそのカゴがあったんだそうです。

私の高校時代の親友にも、記憶力抜群で、皆で「人間テープレコーダー」と呼んでいた友人がいます。彼女は、「人間コンピューターと呼んでよ」と言いますけれども……。

彼女に電話をかけて、何でも喋っておくと、「あの時あなたはこう言った」と、全部覚えていてくれるんです。本当に彼女に吹き込んでおきさえすれば、その鮮やかな記憶を、私にもう一度再生してくれるんです。だからやっぱり、私にとっては「テープレコーダー」なんです。

それで、その彼女に、「どうやって記憶するの?」と聞いたら、やっぱり映像なんだそうです。

「でも私が電話で話したことがどうして映像なの?」と言ったら、電話で報告したことでも彼女の頭には私がどういうふうな行動をしているかっていう絵でインプットされるんだそうです。それから、電話の内容でも、その声で記憶すると言うんです。

それから、彼女は何でも記憶できるのかと聞くと、「私があなたに興味を持っていたからよ」と、すごくうれしいことを言ってくれたんです。

つまり、「興味のあることしか記憶しない。覚えなきゃならないと思ったことしか記憶しない」と言うのです。それはすごくありそうなことだろうと思います。

それから、目がよかったということがすごく大きいんじゃないかと彼女は言うのです。彼女の視力は二・〇近くあるんです。

私も一・八ぐらいある時期がありました。私も実は、視力が減退しつつある時に、記憶力の源泉は視力だということは気が付いてたんです。

というのは、若い時に目が遠視気味だったので、四〇歳過ぎたらすぐ、視力が落ちてきました。そうすると、見るものが鮮明な記憶として像を結びませんので、その対象物がぼやけてしまって鮮明な記憶にならない。それで、情報量がそれだけ減っちゃったのだという気がしたのです。

それから若い頃の好奇心ですよね。やっぱりそれが、メガネを掛けたら日常の視野が狭くなりますよね。少なくともメガネの枠の内側しか見えないということが、記憶力減退の原因かな、と思ったりしています。

それからもう一つ、人間というのはすごくよくしたもので、あまりにも悲しいこととか、あまりにも辛いことがあると、忘れたいという意識が強く働いて、それでちゃんと、忘れられるようにできています。私がそんな経験をしたのはいつの頃だったでしょうか。それはともかく、そうした苦しんだこと、辛いことの記憶が霞がかかったように薄れて、その当時の鮮烈な心の痛みがぼやけてくれるというのは、すごい救いにもなっていると思います。

でも、その時から、私の記憶力というのは、ガーンと異常に減退したのではないかなと信じているのです。

そんなこんなで、私の記憶力というのは、今は非常に惨めな状態なのですけれども。ただ、最近パソコンとかインターネットという、昔では考えつかなかったような文明の利器が出て来て、記憶力などというものは、研究上、それほど必要ではなくなったということが言えるのではないかと思います。

昔の偉い人は、あらゆる文献、大概の文献は、どの史料のどこに使われていたというふうなことが、頭の中に皆インプットされていたわけですけれども。今はそれこそ検索かけたら一瞬にしてパーッと、ザーッと、出てくるというようなことがあります。

これからは記憶力ではなく、想像力、センスの時代なのではないかな、と、強がりを言ってみたいわけです。

〈2010年8月〉

写真に託す日本人の証し——中国在住男性の重い運命

ある弁護士に、一枚の古い写真の鑑定を求められた。

生後六ヵ月くらいだろうか、おデコで二重まぶたの涼やかな、利発そうな赤ん坊である。「この子の着ている衣服が和服かどうか」という依頼である。

中国福建省に在住する八二歳になる男性が、日本人のあかしに提出した唯一の写真である。

昭和の初年、長崎でラーメン屋を営んでいた福建省出身の華僑夫婦に託されて養育されたといい、現在、日本国籍を求めて裁判を起こしている。養母が死の間際、写真をひそかに男性の娘に託したが、彼は長らくその存在すら知らなかったという。

額から耳の上までぐるりと髪を切りそろえているのは、男の子だからだろう。

まるまるした左頰から、中央に向かって降りる濃色の太線は、着物の左襟らしく、明らかに和服である。菊の花や葉など植物が主体の模様で、女の子の着物だろう。大きな葉には「描き引田」らしい鹿の子模様をあしらっている。

お宮参りの晴れ着にもなる、二歳くらいまでの子供が着る「一つ身」の着物で、肩上げをしており、その線が、左端から口元まで、水平に続き、下へ降りている。ふつう肩上げをするのは、歩き始めてからだが、六ヵ月くらいで肩上げのある着物を着ている理由は、次のように考えられよう。

この子は男の子だったにもかかわらず、恐らく姉の着物なのか、女の子の着物を着せられたからで、姉が成長にともなって肩上げをして着ていたおさがりだったからだろう。この子に姉がいたあかしでもあり、子沢山の家の子供だったから、養子にも出されたのではないか。

豊かに蝶結びに結ばれた紐の付け根で、母親の手に抱えられてカメラのほうを向いている。お古と思われるにもかかわらず、着物本体も紐も、くたびれた様子がない。丁寧に着継がれた晴れ着なのだろう。

長さ一五センチもある写真だが、これだけ引き伸ばしてもボケていないのは、写真屋が撮《うつ》したものだろうか。それにしてはポーズがラフにすぎる。昭和の初年、家にカメラがあって、こうした和服を着て写真が撮れたのは、そうとう裕福な家の子供だったに違いない。

彼には五歳の頃まで居た長崎の、養家の店の前にあった焼き芋屋の記憶もあるという。だが生みの母が彼をあきらめきれず、何度も取り返しに来たので、養父母は慌てて店をたたんだ。その背景には戦争の激化に伴う両国民間の感情の悪化も考えられる。

こうして彼を連れた養父母は中国に戻った。村では、日本人の養子だと知られていて、いじめに遭った。さらに文化大革命の時は、生命すら脅かされる状態だったという。

周りから日本人と見られることで日本人を自覚し、日本への望郷の思いは募るばかりだった。幼少時を知る養父の身近な者の証言、地元の村民委員会や人民委員会などの証明書もあるという。
おそらく行く手の重い運命を知るよしもなかった幼いこの子のまなざしは、八〇年の星霜を超えて、今何を見つめ、何を思うのだろうか。彼に残された時間は、そう長くない。

〈2010年5月〉

2◆女のイマージュ

娘の心意気

娘が大学に進学し、アパートで一人暮らしを始めた。

感心にも、ねむい目をこすりこすり作ったお弁当を持参しての通学が、まだ続いているらしい。仲のよい女子学生と、いつまでがんばれるかと、競争なんだそうである。お弁当箱をのぞきこむ男子学生の目が気になって、オカズもひとくふうするとか。

このはなしを聞いて、私は吹き出した。

我が家は、私が大阪へ単身赴任してもう一〇年になる。母親のいない間のお弁当作りは、夫の仕事だった。でも高校生になると、少しずつ自分でも作りはじめたようだ。

そんな頃、聞いてみたことがある。

「朝あんなに寝ぼうしてるのに、いったいどんなお弁当作ってるの？」

するといわく、

「たとえば昨日はね、夕ごはんのオカズだったトンカツあったためて、ボンッとごはんのうえにのっけて、ソースかけて持ってったの。千切りキャベツまではいってれば上等よ！」

娘の通っていたのは女子校。お母さんたちが心を込めて作ったお弁当を、仲間どうし、持ち寄って、一緒に食べると聞いていた。

「中が見えないように食べるの？」

「ううん、どうどうと開けて食べる」

「かっこ悪くない？　ひとりだけそんなお弁当開けるの……」

「ううん、そんな時はお父さんが作ったお弁当だからしょうがないって言うから……」

この心意気が、私の単身赴任を可能にしてくれたのだ。

横で聞いていた夫が、「ぼくはそんなお弁当作ってない！」と怒ってみせて大笑い。

しかし今や事情はちがう。

一人暮らしのアパート住いでは、「お父さん」にヌレギヌを着せるわけにはいかない。そこでお弁当の中味も凝らざるを得ないってわけだ。ごくろうさま！


〈1996年5月〉

リブの闘士？

アメリカから帰った直後、久しぶりに娘に電話してみた。

約二週間の出来事、友人とのあれこれなどを語ったあと、一息いれて、「実はね、色々あったの……」と語り出した娘の語り口が、そういえば少し奥歯にものがはさまった物言いだったことに、私はあとで気がついた。

大学の文化祭で、ミス大学コンテストがあったこと……、クラブから一名ずつ女子がノミネイトされ、審査は、美貌とかスタイルではなくて、クイズや隠し芸、それに奇抜な仮装で得点を競うものだったと解説する娘に、そんな枝葉を聞いているのももどかしく、「それで？」と問うと、

「クラブの飲み会の余興で得意の体操のワザを披露したことがあったの。それが先輩たちに大うけして、『ミスコンの隠し芸はこれっきゃない』ということになって、私が出たの。そしたらミスに選ばれちゃったの……」といっきにしゃべる娘。

「わあ、かっこいい！」と反応した私に対して、

「え？　お母さん、ミスコン反対論者じゃあないの？」

「だって、水着審査があったわけじゃないでしょ。お母さんは、そんな冗談大好きよ」

留守中に起こった大事件を報告すれば、私が「ミスコンなんて、けしからん！」と怒ると思っていたらしい、受話器のむこうの娘を思って、吹き出したい気分になった。

若いころの私は、必ず「水泳でもやっているの？」と聞かれたくらい、逆三角形の体形を誇っていた。しかも娘はその水泳部。私から受け継いだ遺伝形質は、より先鋭的に現れている。どう考えたってシリアスなミスコンではないことは、わかりきっていた。

娘にとっての私は、先鋭的リブの闘士に見える一面があったのかもと、おもはゆい気分だった。


〈1996年5月〉

エム・バタフライ――東洋と西洋のはざまで

異性装を主題にして、近年しずかなブームを巻き起こした映画に、「エム・バタフライ」がある。

スパイ容疑で逮捕されたフランス人外交官は、中国人の京劇スターだった男を、女だと信じ込んで愛の生活を送り、男児までなしたと思いこまされてしまう。政府機密を中国情報部に流したことで、一九八六年に裁判が行われた、本当にあった事件である。

裁判の行われたその日まで、何と二〇年間、上奏した中国人男性を、これこそ自分の求めていた理想の女性だとすっかり信じこんで、子供を守るため、家庭を守るために、スパイを行わざるをえなかったのだという外交官の供述に、フランス中が驚愕した。

京劇スターが騙したのか、外交官が自らの幻想に惑わされたのか。

デビット・ヘンリー・ホアングが、この事件をもとに、自由な推理とプッチーニの歌劇「マダム・バタフライ」のイメージを見事に重ねあわせて編み上げた戯曲、「エム・バタフライ」は、主人公の京劇俳優にジョン・ローンを配して映画化された。

この物語は、表題に象徴されるように、東洋の女と西洋の男の出会いから、異文化理解のいう美名のもとにつむぎ出された壮大な幻想、そこから生まれた恋の悲劇を、美しく描き出した映像詩である。二つの文化のはざまの愛であるがゆえに、愛の生活を持ちながら、相手の女の裸を見たこともない、性器に触れたこともない、奇妙な男女関係が、発生してしまう。

西洋の男が抱く、東洋の女というものは……という偏見・先入観が、彼のいだく、彼女の性に対する疑惑を打ち消して、荒唐無稽な愛のかたちを生み出してしまうのだ。つつしみぶかさ、恥じらい…。西洋の女性にはもはやない、そして中国女性のなかにもすでにない、男の見果てぬ夢。

理想の女性像は、京劇の女形だからこそ演じきれる。

「さらば、我が愛――覇王別妃」では、京劇の女形が、日常生活において、相手役の男優と「夫婦」同然の生活をして、舞台の上での自然な愛の発露をうながすという事実を、描き上げている。

「なぜ京劇では男が女の役を演じるのか？　それは女がどう振る舞うべきか、男にしかわからないからだ」という台詞のなかに、「理想の女性」の行動様式は、女が編み出すのではなく、男によって想像され、パターン認識されるものなのだという図式が浮かぶのだが、それが実は見果てぬ夢であってみれば、もはや京劇の女形の演技にのみ、それが実像をむすぶのだ。

塗り重ねられた幻影の果て、男は妊娠を告げられる。「身ふたつになり、さらに子供が三ヵ月に成長するまでを、故郷で母子だけで過ごすことが、中国の習慣である」と主張されれば、母体を気遣いながらも、駅で見送るしか術のない彼であった。

理解しがたいことが、「異文化理解」の名のもとに、許容される。彼はもはや、完全に自分自身の幻想の虜である。

女装した男の、女性を演じる演技が、「完璧な女」を、男に感じさせてしまうとしたら、もはや男のイメージのなかの「理想の女」は、空想・妄想の世界を限りなく飛翔し、演歌の世界か女装した男しか求められなくなりつつあるのかも知れない。

監督デウイット・クローネンバーグは、「性別は幻想の投影されたものだ。京劇スターは外交官の幻想を自分自身のために利用し、そして政治的な目的のためにそれを貫く。彼女は役者であり、これは彼女の最高の役なのだ。二つの文化が出会う『エム・バタフライ』は、人間が他の人間を真に知ることの不可能をややメランコリックに描いた作品だ」とのべている。

これは西洋と東洋のはざまでの、異性装の物語である。

中国情報部は、なぜ本当の女ではなく、女装した京劇のスターを、仏外交官との情事の相手にさし向けたのか。身体加工を施してはいない男なのに、完璧に女を演じきることができたのは、「東洋の女」という設定なればこそ、さらに言えば京劇俳優ならばこそである。逆の設定、つまり女装したフランス人の男性と、中国人の外交官という組合せでは、こうした「美しき誤解」は、生まれようがないのではないだろうか。

「ミセス・ダウト」との最大の相違は、ジョン・ローンは、ロビン・ウイリアムスより、容易に生物学的性差を、超え得たということであろう。それはジョン・ローンが東洋人であったことに由来するところが大きい。そのうえ彼は、幼い頃、京劇俳優としての訓練を受けていた。「エム・バタフライ」のヒロインには、うってつけの配役である。

しかもこの映画でも特殊メイクと、カメラ・アングルの妙が、スクリーンの向こうのジョン・ローンを、その低音の声が耳障りであるものの、外見としては完璧な女性に見せてくれたのだ。

このように、生理的性差の少ない東洋人の男性であるほうが、より完璧に女を装うことが可能であり、したがってそこに「エム・バタフライ」のような、美しいシリアスなドラマが生まれる間隙もあった。

いっぽう、西洋人男性の女装をテーマにした、現代に時代設定した映画作品が、「ミセス・ダウト」

にしろ、これもダスティン・ホフマンの女装で大ヒットした映画「トッツィー」にしろ、コメディであるのは、性別越境をするには一種の不自然さをぬぐいきれないほど、欧米の男女の生物学的性差が大きいということに起因しているのではないだろうか。

〈1996年7月〉

タフな女の子たちに気づいていますか

私は新幹線で経営者の方に隣り合わせたりすると、「女子学生をもっと採用して！」と思わず頼んでしまうんです。

ご存じのように女子学生の就職はとても厳しい状況で、この暑い季節に、見るからに着慣れしていないスーツを着て歩いている姿を見ると、うちの学生じゃなくても「頑張ってね」って言いたくなります。何もしてあげられない自分がもどかしくって、経営者の方に「うちの女子学生は優秀ですよ」

と言ってしまう。

五月に出た週刊誌に、「東京外大が女子大化して困る」という記事がありました。男の先生たちが女子学生が多いことで何を嘆いているかというと、〝せっかく教育しても社会でそれを活かさない〟という。

一方で女性の研究者、大学教員もどんどん増えています。封建的な先生は、高校の入試みたいに男女別の定員を設けたらどうかとまで言うのですが、私は「そうなさりたいんだったら、東大法学部や工学部、医学部とか、女子学生の少ないところも男女比を同じにして、外大もそうするというのならごもっとも、私も賛成です」と申し上げるのです。

つまり、男の先生は、自分の大学に女子学生が集中しているのがただ嫌なだけなのですね。優秀な女子学生は、いい企業に就職できずに大学院にくる。優秀な男子学生はさっさと企業に摘み取られてしまって、女子学生ばかりが研究者になる。すると男の先生は「教えがいがない」と言う。これだけ女性の社会進出が当たり前になっていても、多分、男の人たちは頭ではわかっているのだけど、感覚でついていけないというところがあって、そういう発言になるのだと思います。

なぜ大学の先生も企業の方も、女子を取ろうとしたがらないのか。

昔から〝やる気がない〟とか〝すぐお嫁にいっちゃう〟などと言いますけれど、いまや〝永久就職までの腰かけ〟という感覚は、女子学生たちにはほとんどないと思います。うちの学生でも、私が「腰掛けでいいなら、こういう会社もあるわよ」と世話しようとすると、「一生働く場を探したいから、もう少し自分で頑張ってみます」と言うんですね。やる気も能力もある。でも、企業に入ったとしても、女性の能力をちゃんと伸ばせるかどうかは、上についたボスの器量によるでしょう。

男の人たちに頭を切り換えてもらって、きちんと女の人の能力を活かせる方法を見出してもらわなければ……。そうすれば、女性を採用することに対する歯止めも除かれるのではないかと思います。しかし、ビジネス上では「女性を派遣したら取引先を軽く見ていると思われる」といった現実もある。いまは本当に過渡期だと思うのです。

このごろよく言われることですが、男の子はひたすら優しくなって、あまり意志をはっきりさせない。若い子は男女の着るものが同じになってきていますが、着るもののユニセックスだけでなくて、〝心意気のユニセックス化〟というのも進んでいる。

私は古代の服装史が専門ですが、同じ服装をしているというのは、心情的にも相寄っているということなのでしょう。

おじさんたちは、そういう価値観が全然わからない世代だから、いまどきの男の子の心情も、雄々しく力強くなった女の子の心情もわからない。経営者の方々も、自分の子供の世代の女子学生の現状はわからない。それで、女子学生も低く見られてしまうわけです。

人を使う立場ですから、いまの若い女の子、男の子がどうなっているかということまで気配りしてほしい。

私がふだん接する人は、やはり研究者が多いのですが、研究者というのは一匹狼で、自分一人でこつこつ論文を書いて講義をしていればいい。それに比べたら、企業人はずっとシビアな世界にいて、バランス感覚があるし、周囲への目配りが効いている。

それをもうちょっと進めて、固まった考え方を切り換えてくれたら、泣いている女子学生たちがみんな〝晴れ〟になると思うんですけどね。

〈1996年8月〉

若き女性研究者への手紙

いつのまにか研究者としての途を歩み始めた貴女の姿に、私は知らず知らず、四半世紀前の自分の姿を重ね合わせています。

ただ歴史が好きで好きでしようがなかった少女時代の私は、日本史を専攻することになんのためらいもありませんでした。

一方、たまたま語学もよくできたことから、日本史専攻がある大学よりも、少しでも偏差値の高い大学をと勧めた高校の先生の指導でうちの大学に来た貴女が、日本史を専攻するに至るまでには、いささかの紆余曲折がありましたよね。

でもそのおかげで、日本史を専門とする、語学のできる研究者が誕生したのは、怪我の功名でした。日本側の史料ばかりでなく、海外史料を原語で解読する能力は、国際交流史を学ぶ貴女にとって、何よりも強い武器でしょう。さらに日本史の国際会議は、今まで同時通訳を使うか、日本語を共通言語として行われてきたことが多いのですが、これからはきっと、多くの言語を駆使して、広範な、そして立ち入った議論ができる国際会議が増えていくことでしょうし、そうした場面での貴女の活躍が、目に見えるようです。

さて、歴史研究の上で一番大事なことは、史料を大切にすることではないでしょうか。語るのは貴女ではなく、史料なのです。史料の中に深く沈潜し、史料をして語らしめるという姿勢でいなくてはなりません。一字一語にこだわり、疑い深くあること、そして全体を見渡すこと、そうすれば、やがて史料自身が語り始めるでしょうから。

また、歴史学は人間の営みを考える学問ですから、研究者は、人間を好きでなくては、人間にあくなき興味を持っているのでなければなりません。

そして、現代から発問する視角を、時空を超えた研究対象に持ち続けることが、重要だと思います。

ホットであること、ミーハーであること、そしてのびやかな感性を研き、おしゃれであること、というのも、私がよく学生たちに言っていることですよね。そうした結果としての、研究成果は、全人格的営為の所産だ、というのも、私の持論です。

論文から人間が見えてくる、歴史上の人間だけでなく、書いている人間が見えてくるような、そんな個性あふれる論文を書けるようになったら、一人前だと思います。

でも貴女は、もうその資格をお持ちですよね。

〈2002年1月〉

夫婦別姓

実は私は、夫婦別姓を実現できた、おそらく国立大学で最初の女性教員だろうと思う。

最初の著書、『古代国家の形成と衣服制』を、戊午叢書の一冊として刊行していただいた時、私は既に結婚して戸籍上は藤原佐知子になっていたので、恩師の竹内理三先生は、著者名は戸籍上の名前にしたらどうかと言われたが、二十数年間使い続けた「武田佐知子」を、ここできっぱりと捨てる気にはならなかったし、離婚した女性研究者が、戸籍上の名前で論文発表をしていたために、離婚後も別れた夫の姓を、使い続けなければならないやりきれなさをかたわらで見ていて、これだけはぜったい避けたいと思ったので、旧姓にこだわった。

一九八五年に大阪外国語大学の助教授に採用された時、私は応募の際の履歴書等一切を戸籍上の氏名で書いていたので、当然戸籍上の名前で採用され、戸籍上の名前で学生の前に立たなければならなくなった。

しかし程なく、サントリー文化財団から連絡があり、私の本にサントリー学芸賞をくださるという。そこで新聞発表用にどちらの名前を使うかと聞かれた。私は大学に、旧姓を使ってよいかどうか確かめて返事をすると申し上げた。

そして大学の事務に、「武田佐知子になってよいかしら?」と訊ねると、「ご結婚ですか? おめでとうございます!」といわれたので、「まあそんなようなものかな」と応え、新聞発表はすんなり「武田佐知子」でいくことにした。でもそれからが大変だった。

次年度、私は大学事務に、講義要項、講義時間割、住所録その他に、武田佐知子での表記をお願いした。しかし国立大学で発行する文書は総て「公文書」であるという理由で、公文書には、戸籍以外の名前を記載することは罷り成らぬの一点張りだった。

私は四月最初の授業で、黒板の真ん中に、「武田佐知子」と書いた。そして講義要項になんと載っているかは別にして、私は武田佐知子と呼ばれたいのだと受講生たちに言った。そして、正倉院文書の戸籍・計帳などの例を示して、日本では旧くから夫婦別姓が普通だったこと、夫婦同姓になったのは、明治維新以降の新しい話であって、たかだか一〇〇年ちょっとの歴史しかないことなどを話した。

夜間部の学生たちのなかには、結婚している社会人の学生も居たが、夫婦別姓という耳新しい言葉を聞いて、そういう夫婦の選択の仕方もあったのかと驚いたと言ってくれた。そして学生たちは「武田先生」と呼んでくれたのだが、受講生の多い教養科目の授業では、講義も受けずに最後の試験だけ受けて、ちゃっかり単位だけ取ってしまおうとする学生がいる。こういう学生は試験の時、答案用紙の教官名の欄に、講義要項に載っている氏名を書いてくれている。普段受講している学生でないのは、これで一目瞭然だ。試験監督で机の間をまわりながら、「言っておきますけどね、教官名を藤原なんて書いても単位あげませんよ!」というと、試験問題に解答する以前に、教官名を書けなくて考え込んでしまい、やがて「畜生!」と捨て台詞を残して教室をあとにする者も続出した。

学生たちが作る新入生歓迎パンフレットは、大きく「武田先生とお呼びしましょう!」と書いてくれた。

「なぜ夫婦別姓にこだわるのか?」というボス教授の問いに、ベストセラーだった野末陳平著のカッパブックス『姓名判断』を読んだら、総画数三一画の「武田佐知子」は、女性が持てば最高の画数だとあったから、と答えると、「外大の新人類だから仕方がないな」と応援してくれた。

年毎に状況は改善されていった。講義要項の教員氏名、研究室の名札などに、最初は両姓併記で、（　）付きで「藤原（武田）佐知子」と書き込まれ、次年度には「武田（藤原）佐知子」と、旧姓が優先され、やがて（藤原）が取れ、そしてついには給与振り込みの口座まで、武田佐知子名義になっていった。

他の国立大学では夫婦別姓をめぐって、一九八八年に教官が大学を訴えて裁判になっているのに、大阪外大は別天地だと言われた。

若い女性教員の間に、結婚に伴って夫婦別姓を希望する者の数も増え、女性教官有志がリレー形式で担当する「女性学」の講義で、古代からの夫婦別姓の歴史や、諸外国の姓の歴史を比較して、夫婦別姓がなにも新機軸ではないことを話すこともあった。

一九九六年には、法制審議会から選択的夫婦別氏制度を含む民法改正案が出され、「やっと夫婦別姓が公認される！」と喜んだが、それからもう二〇年近くになろうとするのに、一向法律は改正されない。自民党の女性議員たちの中からも夫婦別姓を主張する突き上げがあったにもかかわらず、である。

しかしパスポートも、海外からの旧姓の宛名への手紙類や、旧姓での著作を提示するなど、海外で旧姓で通用している証拠を示せば、両姓併記が認められるようになった。二〇〇六年のことである。（　）付きの武田の表記だが、こうしておけば航空券も武田名義で買えるし、パスポートのサインを武田佐知子でしておけば、現地でのサインも「武田」で済む。

かくて今や、住民票と運転免許証、健康保険証（もちろん戸籍も）が、夫婦別姓を認めてくれないが、大概のことは夫婦別姓で可能になってきた。三〇年前からすれば、隔世の感がある。

ところで、そんな私に思わぬ陥穽があった。医師になった娘が、旧姓で仕事を続けたいので、結婚するが籍を入れないというのだ。医師免許は、現在では可能になっているようだが、戸籍名への書換えが要求され、旧姓使用が難しい免許のひとつである。親として少々面食らうところがあったので、「どう思う？」と、研究室の女子大学院生に相談すると、「先生、それは先生の教育が成功した結果であって、誇りに思うべきことです！」と言われてしまった。確かにそうだ。夫婦別姓への遅々とした歩みを、一番身近で見ていた娘が、自分も夫婦別姓をと思ってくれるなら、最高の教育の成果と言うべきだろう。

かくて娘は、私より数段うえを行って、籍を入れず、事実婚を貫いている。住民票には、「妻（未届け）」と記載してあるそうだ。子供たちは、いずれも「胎児認知」という方法で連れ合いの子であることを確認してから出産し、まず婚外子として届け、家裁に姓変更の申立をして、父の姓を名乗らせるという方途を取っている。カナダで生まれた男の子だけは、届ける時、ミドルネームに自分の姓を入れられたことを、今のところの最大の成果としている。彼女は、立派に三人の子供の「未婚の母」なのである。


〈2014年2月〉

3◆古代からの風

ジグソーパズル

埴輪研究会に参加させてもらっている。国立歴史民族博物館の杉山晋作先生を中心にした、若い考古学者の会である。

二ヵ月に一度の例会は、三〇人ほどで関東周辺の埴輪を、泊まりがけで見て歩く。

感激したのは、今まで博物館の展示ケースのガラスごしにしか見たことのない埴輪が、直接手に取ってみられることである。

私も人物埴輪像の衣服について、論文を書いたことがあるが、いつも気になっていたのは、埴輪の背面の表現であった。

男子のミズラは、髪を左右に分けて耳のところで結ぶだけだと思っていたが、もう一本、後ろにポニーテール状の髪がさがっている例が多いことも、後ろにまわって見て初めてわかったことである。

馬を専門にして、馬具などの作り方を確かめる人、家型埴輪の造形のパターンを追う人、埴輪制作者の指紋に目を凝らす杉山先生。おのおのがそれぞれの研究テーマに沿って、埴輪を観察するのだ。真夏に、風の通らない体育館のなかで、流れ落ちる汗をぬぐおうともせず、埴輪に見入る。真冬の廃校で、冷気が体中に染み透るような寒さのなか、埴輪を手にする。まだ復元されないまま、箱に入れられた小さな破片の数々が、埴輪のどの部分に当たるかを、たちどころに言い当てて、その場でつぎあわせていく様子を見ていると、誰もがジグソーパズルの天才に見えてくる。

長い時間をかけての観察が終わると、その場で検討会が始まる。ひとつの埴輪について、各地の類例が次々と報告されるのを聞いていると、彼らの頭の中には、幾つもの埴輪のパターンが入った引出しが、分類されて整然と並んでいるのではないかと思えてくる。熱い議論はそのまま宿に持ち越され、食後の酒の席でも延々と続く。

〈1996年5月〉

中国四千年のミニチュア

去年の暮れに、コーネル大学の日本古代史の助教授、ジョーン・ピジョーさんと、御夫君のアーニー・オールズ氏に、成田空港内の喫茶店で偶然お会いした。クリスマスケーキを食べ損ねたためか、何か甘いものがほしくなって、娘とふたり、飛行機に乗り込む前に立ち寄った喫茶店でのことである。聞けばご夫妻も、同じ飛行機でサンフランシスコに向かうという。彼女の初めての本の、出版打ち合わせを兼ねて、お正月休暇を故国のお母さんと過ごすためとのこと。

一年間の予定で夏から来日しているのだが、一度せわしなくお会いしたきり、忙しくて中々ゆっくりお話しできる機会がなかった。広いジャンボ機のこと、ここで会っていなければ、お互い同じ機内に乗り合わせたことも知らないでいただろう。

私と同い年の彼女とは、まだスタンフォード大学の大学院生だった頃からのつきあいだから、かれこれもう二十年来の友人である。

アメリカの日本史研究は、近世史や中世史ばかりが盛んで、日本古代史は人気がない。だから大学の正規ポストも得にくかった。そんなかで、彼女が奮闘、去年とうとうテニュア（正規教員資格）

を取った。これは日本の研究仲間にも朗報だった。アメリカへ行って日本古代史の話をしても、そこそこに面白い話をしているつもりなのに、いつも反応はもうひとつ。

日本の古代史は、中国四千年のミニチュア、それもウーンと規模も時間軸も縮小したものと受け取られているせいではと、私は密かに思っている。

そんな状況を打破し、これからは彼女が先頭に立って、アメリカむけに、日本古代の面白さを、彼女の言葉で語りかけてくれるにちがいない。

〈1996年5月〉

男装埴輪断想

第七号『はにわのとも』の、杉山先生の「男装」と「女装」についての小文は、おそらくこのところ「異性装」の歴史の勉強を続けている私への挑発ではないかと思い、あえてそれに乗ってみることにします。

埴輪は何をもって性を区分するのか。

私たちは、髪がた、髭、かぶりもの、そして乳房やペニスの表現で、きわめて常識的に、あまり考え込むこともなく性別を判断してきました。

また一方で、今日的感覚からは、女性の専有に帰すと思われがちな、首飾や、ワンピース型の衣服、すなわち貫頭衣も、男性のものでもあるというのは、埴輪を見る上ではきわめて当然の常識になっています。

しかし女性の特徴表現をすべて備えた埴輪の中にも、たしかに『日本書紀』に、アマテラスが、「髪を引き上げてミズラになし、裳をひきまつりて袴になし」て、男装してスサノヲと対決したように、「異性装」というファクターを考えてみなければならないとしたら、これはだいぶ複雑なことになってきます。

第七号に載せられた三つの埴輪、これは大変面白い資料ですね。本当は男装の埴輪の例として、早速異性装の類例のなかに取り入れたいところですが、あえて慎重論をとなえてみたいと思います。

まず、城山一号墳のそれにしても、荒蒔き古墳のそれにしても、なぜ男装の埴輪と疑わしい類例は、乳房の表現がすべて線刻なのかということです。

女性像に施された乳房の表現が、線刻ではなく、膨らみの表現になっていることと対比すると、そこにある一定の意味を見出さざるをえません。あるいは乳房の表現ではなく、提示された北魏の武人俑のような、体にフィットした皮鎧の表現なのではないかと思います。

考えてみれば、実は乳房は女性の専有物ではありません。男性にも乳房はあるのです。また埴輪の乳房表現のといわれるのものは、本当に乳房なのでしょうか？　素朴な造形を見ていると、乳房ではなく、実は乳首（乳暈をも含めた）の表現にちがいないと思われるものも多いように思います。

それにしても、着衣の女性像に、衣服を通して乳房の表現が見られるのに、裸のはずの力士埴輪には、乳房の表現がないのはなぜでしょう？　やはり乳房は、女性のものと考えられていたのでしょうか。

さて、首を付け間違えたのではないかという問題提起がありましたが、だとすれば、埴輪制作の過程において、少なくとも半身像の場合、ボディを造る時点では、性別を視点にいれて制作されるのではないということになりますね。埴輪はボディだけが造られるラインがあり、頭部は別のラインで制作され、合体させるときに、性別が決定される、だから乳房の表現は、一般的には、平面的なボディに、髪がたや、持ち物などで性別を決定した時点で、おざなりに乳首ていどのものを張りつけるだけですませなくてはならなかったのでしょうか。

これは埴輪制作の分業を考えるうえで、とっても重要だとおもいます。豊満な肉体を表現する埴輪が造られることなく、いわばユニセックスな埴輪が多いのは、制作工程の事情だったということにもなるからです。

さて、男装埴輪と認定できる埴輪がこれから沢山出てくる可能性があるかどうかなのですが、アマテラスや神功皇后、または神武天皇妃に見える女軍の存在などを考えても、記紀神話のなかの女性の男装は、少なくとも武装という局面に限られていますから、武人像の表現を、注意深く観察していくべきかもしれません。

漠とした話ばかりですが、男装埴輪について、埼玉の埴輪研究会の、皆で盛り上がったあの夜以来、あれこれ考えあぐねていることを綴ってみました。またご教示ください。

〈1996年7月〉

想像ふくらむ豪華な副葬品——カリンバ遺跡

北海道恵庭市のカリンバ三遺跡は「縄文時代の最も豪華な墓」として知られるようになってきた。出土した大量の漆塗りを中心とした副葬品からは、縄文人の息づかいが伝わってくるようだ。

石狩の低湿地帯を流れるカリンバ川の右岸に、カリンバ三遺跡はある。その一部が道路建設予定地に当たり、一昨年、緊急に発掘調査が行われた。約三〇〇〇年前のお墓が三十数基出土し、中から目のさめるように鮮やかな赤い漆塗りの櫛などが多数発見された。冬が迫っていたので、保存と調査のために、副葬品が特に多い三つの墓をソックリ切り取り、樹脂で固めて、埼玉県川口市の民間の文化財保存研究所に運ばれた。前例のない手法だった。

そこでの調査が、この遺跡の名をさらに高めた。漆の櫛、髪飾り、耳飾り、首飾り、腕輪、腰ひも（ベルト）、滑石や琥珀のビーズ、勾玉の首飾りや、サメの歯を並べたヘアバンドなどが次々と姿を現した。

ある被葬者は、一人で髪に八個もの櫛を刺し、サメの歯で飾った鉢巻きには、植物の繊維を円く輪にして漆をかけたヘアバンドが、四つもつけられていたらしい。こんな豪華な髪飾りをつけて葬られていた人は、当時の社会で、いったいどんな立場にあった人なのだろうか？　男性なのだろうか、それとも女性なのだろうか？　一度に複数の人が埋葬された可能性があるとのことだが、疫病でもはやったのか？　それとも殉死なのだろうか……。

ひとくちに漆といっても、紅、朱、ピンクから、オレンジに近いもの、はては黒漆に至るまで、バラエティーに富んでいる。この微妙な色使いの美しさは、現地で発掘当時の実物を見た者でないと実感できないだろう。息をのむような鮮烈な色あいは、残念ながら、埼玉に移されたそれらは、消えていた。

漆の櫛の頭部には、大胆な、現代にも十分通用する透かし彫りが施してある。櫛は、色違い、デザイン違いを巧みに組み合わせて、髪に挿したようだ。

植物の茎を平らに並べ、上に漆をかけた腰ひもは、ウエストに巻いて結んだ残りを、腰から垂らしたらしい。いったいどんな衣服の上に、このベルトを締めたのだろうか？　その大きさから見ると被葬者のウエストは六四センチ。それだけ細いベルトを締めることができたのだから、身体にそった、しなやかな衣服を着ていたとしか考えられない。

腕輪や櫛の加工に、驚くほど精巧な技能を備えていた人たちだ。布を作っていても不思議ではない。調査はまだ途中。この遺跡には、日本列島の布や衣服の起源に迫る手がかりが眠っているに違いない。

調査の成果だけでなく、それをもたらした努力に私は大きな敬意を表したい。

櫛をはじめ漆をかけた木製品は、木の部分はとうに腐って失われていて、外側の一ミリの一〇分の一という、中空の薄い漆の皮膜だけが残っている状態。ちょっと不用意に触れれば、たちまち姿を失うあやうい存在なのだ。深さ一メートル、直径は最大のものでも一・六メートルほどしかない穴で、遺物は床一面に散らばっている。

恵庭市教委の発掘調査員、佐藤幾子さんが埼玉に泊まり込んでその難しい調査を成し遂げている。

穴の中の遺物のなさそうなところに見当をつけて、そこにたる木と板を渡し、その上にかがみ込んで、竹ヘラや、刷毛《はけ》、筆で、そっと土を取り除いていく。不安定な姿勢をしいられながら、佐藤さんは指先に細心の神経を集中させてヘラを使い、刷毛を動かして、土の表面に遺物や痕跡を浮かび上がらせていく。永遠に続くかのような根気のいる作業である。

掘り進んで、新たに出た層の土は、できるだけ空気にふれないうちに、一部をサンプルとして採取する。息を止めて、呼気が掛からないようにする。花粉分析に出すためだ。三〇〇〇年前のこの地に、どんな花が咲き乱れ、人々が花々を見ながら、どんな感性を養い、それを装飾品の中に反映させていったのかがこれからわかるのだ。

被葬者の歯が出ると、その周囲の土に、遺体の遺存体があるかもしれないからと、掘るのをやめておく。その部分を一括して専門家の鑑定に出すためだ。遺体層が五〇〇グラムもあれば、性別がわかるという。この華麗な櫛で頭を飾った被葬者が女性だったのか男性だったのか、コラーゲンを分析すると、動物を食べていたのか、木の実が主食だったのかまでわかるのだそうだ。そして年齢も、歯の分析からわかるかもしれない。

発掘は、単に表土を取り除き、遺物を掘り出していくだけでなく、時に応じ場合によって、こうした様々な決断をしなければならないのだ。

夫と三人の子供を北海道においての長期の出張。被葬者が「私を出して」と叫んでいるような気がすると佐藤さんはいう。不思議な一体感のなかで、被葬者に導かれて遺跡が浮かび上がってきたのだと……。

〈2001年2月〉

古代の巨大建築、交流招く——異民族に和平と交易働きかけ？

地上一二五メートルある新潟市・朱鷺《とき》メッセの展望台からのぞむ新潟港は、いま国際港となっている。

古代、新潟には渟足柵《ぬたりのさく》という、辺境経営の施設が置かれていた。小林昌二新潟大教授を中心とする学際的研究プロジェクトが、最新機器を用いてその場所を探索している。だが、砂丘などが妨げとなり、発見は難しそうだ。

私の渟足柵のイメージは、北辺防衛の荒涼とした砦だった。しかし『日本書紀』を読みこんでいくと、古代足柵は、日本海に向かって高く大きく威容を誇る朱鷺メッセのような、出雲大社とも似た建物だったとわかる。

大化二（六四六）年、越国の鼠が、大挙して東へ移動しているという報告があった。翌年、渟足柵が完成し、老人たちが鼠の移動が柵造営の予兆だったと語りあったという。大化元年の難波宮への遷都の前にも鼠が難波へ大移動して、老人たちは同じ噂をした。渟足柵も遷都と同規模の大きい建造物だったと確信させてくれる。

大化元年には越の国から、筏《いかだ》に組んだ大量の木材が東へ向いて移り、砂浜に付いたその跡が、耕した田のようだったとも報告がある。こうした記述は数ある城柵の中でも渟足柵のみで、規模の大きさが推し量られよう。

出雲大社にも平安末に、海岸に漂着した一〇〇本もの巨大な材木を利用して再建したという記録がある。古代の出雲大社は、東大寺の大仏殿や平安宮の大極殿より大きく、高さ一六丈（四六メートル）と伝え、日本一の威容を誇っていた。あまりに高すぎると疑われたが、出雲大社の境内から、直径三メートルもの柱がある平安末の巨大神殿の遺構が発見され、信用できるものになった。

出雲大社がこんなにも高かったのは、実は古代日本海をめぐる諸民族の、交易のためのランドマークタワー、国際貿易センターだったからと私は考えている。このほか、鳥取県の長瀬高浜遺跡や、石川県・真脇遺跡、はては青森市・三内丸山遺跡など、日本海沿岸に点在する巨木遺跡や大型高床建物跡も、交易センターとして位置づけることができるのではないか。

斉明天皇紀に、阿倍比羅夫による粛慎《みしはせ》討伐の記事がある。征討軍は和平を促すため、彩色した絹や武器・鉄など、沿海州のツングース族といわれる粛慎の世界では生産できない品々を見晴らしのよい海岸に置き、彼らの欲望をあおった。やがて沖に鳥の羽の旗を掲げた粛慎の船団が停泊し、老翁が浜に漕ぎ寄せて品定めを始めた。敵味方が一挙手一投足を見守る中、置いてあった服を着、絹を持ち帰る。倭との交易を検討するためである。しかしついに仲間の賛同を得られず、返しに来て、やがて戦闘が始まったという。

この行為は、民族間の軋轢を避けて、無言で物々交換をする「沈黙貿易」の例とされる。相手側の衣服を着ることは、平和の意思の表現だった。

こうした異民族間交易上での必要が、出雲大社のような巨大建築を生んだのではないか。出雲の神殿に昇る一町（約一〇九メートル）にも及ぶ長い階段は、海から寄り来る人々のために、潟側に向けて付けられた。遠く見通せる高い神殿の上で、その地域神に祈り、自らの民族の特産品を供える行為は敵対しないことの証明であり、土地の人々を安堵させる、祈りに形を変えた交易の前提ではなかったか。

鳥取県淀江町の角田遺跡出土の弥生土器には、盛装した人々が漕ぎ寄せる船の前方に高い建物と階段が描かれている。交易の開始に先立つ場面なのだろう。このように考えると砂丘の下には思いのほか巨大な建物が、埋まっているかもしれない。

〈2004年9月〉

古代のゆかた

私は日本古代史、特に服装の歴史を研究していますが、今日は古代の浴衣の復元の話をしようと思います。

松山の道後温泉の活性化プロジェクト、「道後温泉三千年の歴史漂うまちづくり――女帝の湯復元プロジェクト」が、内閣府と国土交通省の支援で立ち上がっています。

道後温泉は、古代、斉明天皇、舒明天皇、それから中大兄皇子、大海人皇子や聖徳太子なども入浴しており、当時から非常に有名な、たぶん日本一有名だった古代の温泉だと思います。

今の私たちにとっては、道後温泉といえば、あの『坊ちゃん』とか、それからマドンナとか、あるいは『坂の上の雲』とか、近代のイメージがすごく強いですね。

そうではなくて、もっともっと由緒正しい、古代からの温泉なんだということを強調してアピールしようじゃないか、というプロジェクトなのです。

そこで、女帝の湯を作りたい――斉明天皇がいらっしゃって温泉に入られたのだから、女帝の湯を造りたいということになりました。そこで、古代の女帝たちがお風呂へ入ったとしたらどういう格好で入ったのか、それをあなたは考えなさいというのが私の使命でした。ところが、それは非常に難しい話です。古代の浴衣なんて、絶対復元できっこない。私は、これはもう九〇パーセント無理だろうと思っていたのです。

どんなものかというところを復元しなくてはならないでしょう？　具体的なイメージをきちんと、形に現すというのは非常に難しいことです。それに一応私は歴史家ですから、根拠がなければならない。

根拠のあるようなものが復元できるかどうかは非常に心許ない思いだったのですけれども、知り合いの先生からのお薦めもありましたし、それから道後温泉へ行ってみたいという気持ちがあったので、もうここは目を瞑って「えい、やっ！」とお引き受けしたというわけです。

ところが、これは一年間限定のもので、三月三十一日にはきちっと成果を出さなきゃならないプロジェクトですから、もう矢の催促で……。

古代の浴衣について、どういうふうな形を提示したらいいのか。また、きちんと作るにあたって、地産地消、地元の産業育成ということもあります。松山は今治が近いですよね。今治はタオルで有名なところですけれども、そこの繊維工業組合だったか、そういう方たちのお力も借りて復元しようということになりました。

そして、話は、どんどん進んで、だんだん日にちは限られて来まして、「ともかく明日大学の研究室にお伺いするからどういうものを復元したらいいか出してほしい」と言われました。

ほんとうに困りました。

八世紀の東大寺に写経所というのが造られて、そこで光明皇后や孝謙天皇が膨大な量の写経事業を行いました。そして、それを写した写経生たちの着たいろんな衣服であるとか、そういうものの記録が正倉院に残っているんですね。衣服の実物ももちろん残っています。

その夜、その記録「正倉院文書」を必死になって繰っていますと、何ということか、突然ですが、見つかったのですね。しかもたくさん見つかったのです。

それは、三メートルから四メートルぐらいの長さの布を二枚に切って、つまり一メートル五〇センチに切ってそれを右と左の肩に掛けます。そうすると肩から七五センチ、ちょうど膝くらいの長さになりますが、その後ろ身ごろの中心を縫い合わせます。そうするとできあがるのが着物の袖のないような、和服の袖のない、そして膝くらいで切ったような衣服なのです。

それをおそらく前をあわせて紐などで結んで、たぶん脇はちょっと縫ったのだと思いますが、そういう形の物が正倉院に残っています。これを「湯帷子《ゆかたびら》」とちゃんと書いた物があります。

それが、浴衣。湯帷子イコール浴衣なんです。後に平安時代の辞書にそう書いてあります。それは、ほんとうに浴衣の原型。古代の浴衣というのが八世紀に、実際に存在していたのです。

そして、これを着てお風呂に入ったらしい。

しかも、その衣服というのは、あの『魏志倭人伝』に書かれている「貫頭衣」というのとまったく同じ形です。

私は八世紀の一般庶民たちは貫頭衣を日常の衣服として着ていたのだろう、という推定をしていますが、それがきちんとした史料にはなかなか見い出せなかったのです。それが、こんな古代の浴衣という形で、たくさん正倉院にその資料が残っていたということがわかって、私は大変喜んでいます。

さて、若い女性たちに、この古代の浴衣を着てお風呂に入ってもらったら、何がよいかというと、たくさん利点があります。

露天風呂というのは、特に女湯は周りから覗かれないようにとか、いろいろ気を使って旅館側は建てていますよね。でもこれを着ていたら少々覗かれたってだいじょうぶです。

若いカップルなんかは、せっかく二人で温泉に来たのに男女が分かれて入るのはつまらないと言うそうです。男女混浴のお風呂というのも、この古代の浴衣があれば可能になります。

それからもうひとつ。乳癌の方などは、温泉に行っても、なかなか大浴場に入りにくいということがありました。けれども、これを着ていただいたら皆と同じようにお風呂を楽しんでいただけます。

そういう意味でいろんなメリットのある、しかも非常に伝統的、由緒正しい古代の浴衣が復元できるのではないかと思って、私自身も非常にワクワクしているという今の状態なのです。

〈2010年8月〉

4◆書見の栞

眠りの装いを考える――下着から浴衣、そしてTシャツまで

◆『ねむり衣の文化誌』（吉田集而・睡眠文化研究所編著　冬青社）

ネルのネマキの紐を結ぶ時、一瞬ヒヤッとした、子供の頃の肌の記憶。修学旅行用に作ってもらった綿サッカーのパジャマ。父がゴルフの景品でもらってきたナイロンのネグリジェを、母はとうとう着ようとしなかった……。

私が思い出すそれもこれも、日本人のネマキの歴史に深く結びついていることを、本書は教えてくれた。ネマキは、日本文化と結びつき過ぎているからと、あえて「ねむり衣《ぎ》」と呼ぶ。日本・アジア・欧米を比較し、過去と未来を見通した本である。

本書は、日本史上、ねむり衣が成立したのはそう古くないとする。鎌倉時代の絵巻物には、僧侶が下着姿で寝ている様子が描かれている。だが、当時、庶民は昼の服のまま寝ていた。これを「着所《きどころ》寝《ね》」という。東北地方では昭和初期まで生きていた言葉だそうだ。

ただ、本書には触れられていないが、万葉集には「草枕旅行く背なが丸寝せば家なる我れは紐解かず寝む」という歌がある。「紐解く」というのは、夫婦の愛の行為の表現と解釈するのが一般的だが、当時は旅行中は「着所寝」であっても普段は裸で寝たのだ、と解釈する説もある。下着で寝る姿は『枕草子』の中にも確認できるし、ねむり衣の成立時期をめぐっては今後の研究が待たれるところだ。

さて、その後の歴史だが、江戸末期には、木綿の浴衣が普及し、人々は風呂場の装いであった浴衣の着古しをねむり衣に転用した。また、明治の近代化は、工場労働者に早寝早起きを要求し、寝るためと起きて働くための衣服を区別するようになった。そして戦後。七〇年代にはユニセックスファッションの流行で、ネグリジェが激減し、パジャマが増えた。同時に「部屋着」が登場し、Tシャツやスポーツウエアが、ねむり衣に転用され始める。昼夜曖昧な都市の生活で、終夜営業のコンビニにそのまま出かけられる衣服が求められた結果だ。ねむり衣という範疇が希薄になり、部屋着兼用の万能の衣服＝Tシャツが全生活を支配しつつある、と説く。

確かに、私が大学の学生と合宿をした時、彼らはTシャツに短パンかスポーツウエアで寝ていた。それは、何か起きてもすぐに動けるようにと、阪神大震災の体験が大きく影を落としているのだとか。

と、このように本書は、衣服が種々の要因に左右されながら、大きく変化してきたことをあらためて実感させてくれる。

ところで、私は今様着所寝の流行は、ワンルームマンション全盛の当世住宅事情と関係があるとみている。専用の寝間がないのだから、Tシャツは寝間着《ネマキ》じゃなくて部屋着なのだ。テレビの「パジャマでおじゃま」なんていう幼児参加コーナーも、やがて姿を消すかもしれない。

今記録しておかなければ、おそらく永遠に失われてしまうだろう昨今のねむり衣事情を、包括的に扱った本だ。巻末の討論では、東西の服装史を見据えた深井晃子の発言が歯切れがいい。

〈2003年5月〉

女かくたたかえり

◆『欠陥住宅物語』（斎藤綾子著　幻冬舎）

愉しく読んで学べる、女のためのおうち購入マニュアル。主人公は、四〇歳の女流ポルノ作家、七年つきあった恋人に振られて、家を買おうと思い立つ前向きな女だ。三姉妹の長女だが、母と棲んでいた東京の実家から家出を決行した二三歳の春以来、棲んだアパートの履歴と、そこを根城に営んだ性の記録……。著者斎藤綾子の体験の、年代記風実録小説である。大家にレイプされそうになったり、男たちが傍若無人に上がり込んできたり、女のひとり暮らしで遭遇する困難の数々。原稿が売れないときはキャベツ畑に忍び込み、パチンコに通い詰めて生活費を稼ぎ出す。マンション建設反対運動から海外のリゾートマンションまで、ともかく不動産に係わる話題てんこ盛り。「女が家を買うとき」のハウツウものであると同時に、あと一歩の詰めを怠るとどうなるかの教訓の書でもある。おまけにのけぞるようなセックス描写。主人公＝斎藤綾子さんは、生き方の上でも、能動的な女である。考えてみたら家は生殖のための箱ともいえる。ちゃんと必然性がある。

このヒト、とってもテクニシャン。何がって、小説の手法のハナシ。欠陥住宅物語というから、読んでため息ばかり出るような、辛気くさい裁判闘争の物語かと思ったら、それは全体の五分の一もなくて、ちゃんと息継ぎができるようになっている。

おまけにとってもマメ。家買うのに、東京の活断層を前もって調べ、建築確認書や構造計算書まで区役所に確認に行く。一方で男のワンルームマンションに通えば、バストイレまでピカピカに磨き上げちゃうのも、きっと斎藤さんご自身だ。

転んでも、男と寝ても、ただじゃ起きない、欠陥住宅つかまされても、ただじゃ起きない。

女一人、敢然と悪徳不動産業者を訴えて勝ちとった和解金は、補修工事費用のわずか半額だったが、足りない分は、顛末を書いたこの本の印税で補填してほしい。がんばれ斎藤綾子！

女が自分名義の家を買い始めたのは、いつの頃からだったか？　母親の介護をめぐる姉妹間の葛藤、バブルはじけた後の東京の家賃の推移など、今の時代を写し取った一種の記録文学ともいえる。いやそんな堅苦しい評価をしなくてもいいのかも。なにしろ「女かくたたかえり」という爽快感の残る本なのだから。

〈2003年6月〉

女性はミシンを踏み内職に勤しんだ

◆『洋裁の時代　日本人の衣服革命』（小泉和子編著　OM出版）

私の母は、昭和二〇年代の末頃から、ピカピカ光るミシンを踏み、私たち五人の子供の洋服を作ってくれた。下着から高校の制服まで手作りだった。幼心に既製服を買えないからだと思っていたが、世は挙げて、洋裁の時代だったのだ。

そしてかくいう私も洋裁を習っていた。商店街で宣伝していたジグザグミシンがほしかったが、母のミシンを踏んで、一時期、大概の洋服は自分で縫った。でも結婚の時はミシンを持って行かなかった。

この本を読んでいるとこうした記憶の理由がわかってくる。「洋服の時代」でないところがミソだ。生活史研究家の小泉和子は、戦後建った東京・久が原の実家を「昭和の歴史博物館」として公開している。開館以来、毎年ユニークな企画展を行い、好評を博しているが、そのひとつ、「洋裁の時代」の図録を再構成したのが本書である。

洋服は明治維新前後に入ってきたが、女性たちがこぞって洋服を着始めたのは、ようやく戦後のこと。昭和五〇年代には、老いも若きもほとんど洋装になった。何故にこれほど洋服が普及したのか？その経緯を、戦後の女性労働やアパレル産業の展開と絡めてていねいに検証する。

そこには大きな理由がいくつかあった。

戦災で衣服を失った人々は、とりあえず何か着なければならない。戦後の混乱を乗り切るには、活動的な衣服が必要だった。もんぺに慣れていたことが、和服を脱ぎ捨てる決心をさせた。

しかし洋服を着るといっても、売っていない。既製服も、オーダーメイドも、庶民の感覚ではなかった。そこにミシンの普及があった。月賦でミシンを購入した妻たち、未亡人たちは、洋裁を習い、ミシンを踏んで内職に勤しんだ。

ミシンは、昭和三〇年代には都市部で七五パーセントの普及率となった。そして四四年、家庭用ミシンの生産量はピークを迎える。

以後は既製服の時代となるのだが、こうした女性たちが係わった衣服革命の経緯を都市・農村部を含めた聞き取り調査や、多くの写真資料で裏づけて、セピア色に染まった戦後が、透けて見える懐かしさがある。


〈2004年5月〉

良品が呑み手に届かぬもどかしさ

◆『うまい日本酒はどこにある?』(増田晶文著　草思社)

美味しい酒をつくるために、不断の努力を続けている人々を、ルポする。

醸造規模を縮小し、田圃《たんぼ》までチェックして選んだ原料米を、文字通り磨き上げるように、ていねいに自家精米し、布団に寝かせるようにして仕込み、手間暇《てまひま》かけた、まさに工芸品のような酒を、流通のルートにも乗せず、限定流通させて品質を守ろうとする蔵元。

かと思うと、酒を「優れた工業製品」と位置づけ、白米を破砕、液化して一〇〇パーセント酒にできる醸造法を開発してコスト削減し、徹底的に機械化して、質量ともに日本一を目指す大メーカー。

とはいえ、このところの日本酒の落ち込みといったら、ない。ワインにおされ、爆発的ブームの焼酎に圧倒されて、つるべ落としに消費が減っている。蔵元はどこも青息吐息で、どんどんつぶれ、酒屋の失踪・自殺も急増している。作れば売れるという時代に、醸造用アルコール、糖類、調味料などを加えて三倍に増量した「三増酒」を売りまくったつけがまわってきたのだという。

一方で、量販店での、ワインに比べて明らかに差別的に粗雑な扱いが、酒の品質を劣化させている。日本料理の気取った店が、美味しい酒を置いていない。

「汎日本酒主義者」を標榜《ひょうぼう》する著者は、時には「日本酒原理主義者」にもなって、悲憤慷慨しつつ、日本酒の業界が直面している現状を次々明かす。

私は酒税審議会の委員をしているが、酒はひところよりずいぶん美味しくなった。昔の日本酒はべたつくので嫌いだった。一晩置いた飲み残しの盃にねっとりと、添加した糖質が溜まっているのをみて、ぞっとしたこともあった。

かといって、昨今はやりの、炭素濾過して無色透明、ひたすら水のごとしというような、味もそっけもないお酒なんか、お金を払って呑む気がしない。しっかりこくのあるお酒が好きだ。

そんな日本酒復権の秘策はといえば、お酒にピッタリくる日本食の再評価と、酒の美味しさや効能をうたう情報、そして何よりも美味しい酒を造り続けることだと著者。地道な努力しかない。同感。
〈2004年11月〉

「食べるいたみ」に無縁の社会を批判

◆『隠された風景――死の現場を歩く』(福岡賢正著　南方新社)

民俗調査で中国奥地の人民政府招待所に滞在した時、食事は二階の食堂で供された。朝、階段の踊り場から見える台所の裏庭では、いつも豚が二頭、草をはんでいた。やがて食卓を囲む私たちの耳を、豚の断末魔の悲鳴がつんざく。食後、階段を降りると、裏庭で左右まっぷたつに切り裂かれた豚の解体処理が進んでいるというのが、毎朝の光景だった。

私たちは新鮮な内臓肉のおいしさに舌を巻きつつ、今食膳《しょくぜん》に供されている肉の来歴を、厳粛に胸に刻んだ。

私たちの生は、実は無数の死によって支えられながら、日本の社会は徹底して「死」を見えない場所に隔離し、われわれはそこから目をそらして生きてきた。

現在、現場を見学できる屠場《とじょう》は数少ない。

スライスされた肉は、発泡スチロールの皿にラップをかけられてスーパーの店頭に並び、そこに至る食肉加工の過程など、一切見えてこないのだ。

この本は、見えざる無数の峻厳なる死の現場を見据え、ルポしたものである。

ブロイラーをつくる工程で、雨合羽に返り血を浴びながら、黙々と鶏の首を斬っていたのは、ペルーの日系三世だった。

七〇〇キロもの牛の「いのち」が、瞬く間に「食」に変わっていくルポは迫真である。

肉を作る人間と、その肉を食べる人間の距離が、観念的にも物理的にも、遠くなってきたことが、なんの痛みも、いたわりの感情も抱かずに、動物たちにとってかけがえのない、たった一つの命を、浪費できる社会を作ってしまった。

人が生きるために他の生き物の命を絶つことは、殺すことではなく、自分の中で生かすことなのだが、その混同が、差別と偏見を育てた。そして、混同にもとづく死の隠蔽が、食べ物を粗末にし、人命までもないがしろにする今の風潮を促したとの指摘は重い。死を直視してこそ生の意味や命の大切さが見えるのだから。

この他、気まぐれなペットブームの行き着く先、人間の都合で犬猫を安楽死処分しなければならない動物管理センターの現場からの報告もまた、社会が本来味わわなければならない痛みを引き受けたゆえの、「隠された風景」である。

〈2005年2月〉

おんなの顔が見える物語

◆『宮尾本平家物語』（宮尾登美子著　朝日新聞社）

『宮尾本平家物語』全四巻は、七歳の平清盛が、自らの出生の秘密をたぐり寄せていく過程から筆を起こす。なぜ平清盛は、異例の栄達を遂げたのか？

学界でもいまだ賛否の分かれる、清盛＝白河上皇落胤説を採り、出生の秘密に悩む清盛像は、実は全体に流れる、皇統と平家の血をめぐる本書のテーマの前哨なのだった。

王朝文化の爛熟した院政期、白河院の専横と好色ゆえの、ひいては父平忠盛の自分本位の思考によっての、込み入った女性関係、またそこに起因する複雑な家族関係・親子関係は、宮尾氏が得意とする廓を舞台にした小説を読んでいるかの感さえ抱かせる。

考えてみれば廓の世界も、天皇の後宮も、男の恣意によって女たちが、さらにその所生子たちが翻弄される点、似たところがあるのはむべなるカナである。

『宮尾本平家物語』（以下、『宮尾本』）は『平家物語』の現代語訳ではない。『新・平家物語』のむこうをはった『新々・平家物語』でもなく、あくまでも宮尾史観の『平家物語』である。そこでは原『平家物語』のなかで、まったく主体性を発揮できなかった平家のおんなたちが、嫉妬や喜怒哀楽の感情をあからさまにして、実にいきいきと描かれている。

たとえば平家が安徳帝と三種の神器、それに二宮守貞親王をともなって西国へ落ちて行った後、後白河法皇は、都に帝のいない状態は続けてはならじと、都に残った高倉帝の遺児、三宮惟明親王と四宮の尊成親王を呼んで、物怖じせずに後白河の膝に乗った四歳の尊成親王への譲位を決めたことがあった。即位式の日取りが決まった翌朝、新帝の母殖子が見たのは、父信隆が、殖子が后になることを祈念して飼っていた千匹の白い鶏が、悉く血に染まって死に、白い羽毛が宙に舞う凄惨な光景だった。原『平家物語』に見える千羽の白鶏の飼育の話を、さらにこれを殺戮するという展開にして、宮尾氏は三宮の母少将局の所行だったとにおわせ、負の情念さえ、すさまじいまでに鮮烈に描き出す。国母になることが最終目標の、後宮の女性たちであってみれば、当然ともいえる感情の動きである。

祇園の女御が、白河院と清盛の母鶴羽の変死に係わっていたと暗示するなど、女性のくぐもった怨念の底知れなさをえぐり出していく。

歴史小説の登場人物たちの、行動し、感じ、考える心は、実のところ、現代の私たちのそれだ。時代をさかのぼらせただけで、実は現代人の心で動いているのであって、歴史の忠実な再現ではない。歴史小説は、読んでいる我々の感情、感覚に訴えるものでなくては、読者に広く受け入れられないからだ。それでいて単なるコスチュームプレイでなく、歴史小説としての重みを持つのは、史実の肉づけがあることによる。だからつい著者のうんちくが出て、往々にして調べ上げた歴史解説がやたらと長くなりがちである。その点『宮尾本』は、きっぱりと思い切りがいい。『玉葉』など、膨大な史料調査の結果をさらりと処理して、物語の展開の中に、見事に織り込んでゆく。読者は『新・平家物語』の段階より格段に進展した、最新の中世史研究の成果を受け取ることになる。その手際のよさに舌を巻く。

また歴史家には、事実に即してわかること、言えることだけを言わなければならない禁欲が要求される。わからない部分には、それこそモザイクをはめて、ぼかさなくちゃならない。一方歴史小説家はそこは縦横無尽、なにを切り取り、どこをそぎ取って構成するか、歴史の中の虚構を見抜き、新たな虚構を緻密に組み立てる作業こそ、力量のみせどころで、それは歴史の真実に肉薄することでさえある。

著者は、原『平家物語』に見える有名な清盛の遺言「頼朝が首をはねて、我が墓の前に懸くべし」を、一門を結束させるため、妻時子が創作して言い聞かせたこととし、実は栄華の極致で亡くなった清盛には「今生の望みとしては何ひとつ思い残すことはなし」と言い遺させている。清盛亡き後、平家の総領たる我が息子宗盛のふがいなさをカバーしつつ、平家女人の筆頭として心を砕く時子の姿が際だち、きわめて納得のいくストーリーである。

『宮尾本』は、巷間まことしやかに伝えられている安徳天皇女性説まで、実にスマートなかたちで取り込んでしまう。『平家物語』が語る、有験の高僧・貴僧に命じて密教の秘法を大々的に修せしめ、皇子誕生を祈誓した事実や、中宮徳子胎内の子がたとえ女の子であっても、男子に変わるようにと行った「変成男子」の修法は、いかに清盛が次の天皇の誕生を熱望していたかをうかがわせるに充分である。天台座主覚快法親王を迎えて行われたこの修法は、たいそう大がかりなものだったらしく、当時の貴族の日記『山槐記』にも、「七仏薬師法」として詳しく書きとめられている。実は時子は、「もし万一産まれた子が女子でも、お産に立ち合った女性たちの口裏を合わせて、男子として世に通すつもりであった」と述懐させて、夫清盛を驚かせている。

手段を選ばず実現させようとするのは、おんなの浅知恵などという生やさしいものではなく、我が腹を痛めた娘の産んだ子をなにがなんでも帝の位にとの、時子の執念にも似た思いが伝わってくる。結末の大展開にもっていくための、これも巧妙な伏線である。

そして最後に時子は、平家の血を皇統の中に残すため、一門の女性と力をあわせて、自らの命を賭して、奇想天外のすり替え計画を実行に移す。安徳帝は、実は壇ノ浦に沈んではいなかったのだ。辺境で伝わった、いわゆる安徳帝生存伝説を、鮮やかに仕立て上げて、あっと言わせる。

第四巻完結編の解説だから、もう書いてもいいだろう。時子の策略で、やがて平家の血は皇統の中に復活するのだ。清盛の血を受けた天皇が、ついに皇位に着いたのだ。時子は安徳帝に仕立て上げた、三ヵ月違いの守貞親王を、自ら抱いて「波の下の都」へといざなった。やがて平家の嫡流すべて絶えた中、清盛の血を引く安徳帝だけが、守貞親王にすりかわって都へ戻り、その子後堀河、ついでは孫の後嵯峨が皇位に着き、自らは皇位を経ないまま、異例の院政を、後高倉院として行う。

『宮尾本』は、原『平家物語』のなかでは、感情表現の言葉さえ許されなかった女性たちが、主体的に生き、もの言わず行動して、秘かに歴史を書き換えたのだ。

すべては平家の血を皇統に遺すことに収斂していく。

原『平家物語』の中では、さしたる役割を与えられなかった、また名前すら残せなかった女たちの、宮尾氏による原『平家物語』への、そしていわゆる史実への、大どんでんがえし、しっぺ返しであり、胸すく思いがする。宮尾氏が、原『平家物語』の中に嗅ぎとって、書きたかった歴史の陥穽は、まさにこれだったのではなかったか。「嫉妬」「愛情」「憎しみ」などの現代人の感覚とともに生き返った、たくましく力強い、女人群像がここにある。女人平家とか、女忠臣蔵などとは次元を異にした、ホームドラマ、メロドラマとも無縁の、平家の血をめぐる壮絶な物語なのである。

改めて『宮尾本』を読み直してみて、宮尾氏は、おんなの顔が見える物語として、『平家物語』を現代によみがえらせたのだと実感する。

本書が、『宮尾本平家物語』と名乗る所以はここにある。これは『平家物語』の新解釈ではなくて、『平家物語』諸本のひとつ、宮尾氏の手になる、平家の物語なのだから。

〈2008年7月〉

第Ⅱ章

ゆかりの虹橋

1◆私事来歴

私のライフワーク

私のライフ・ワークという一文を求められて、ハタと考えこんでしまった。これこそ一生涯をかけて追究すべき研究課題といえるものを見定められるほどには、年老いていないという漠然とした思いがあったからでもある。

しかし考えてみれば、個別の研究テーマを云々する以前に、歴史学を、日本古代史を学んでいるという事実があった。その点では私は、日本古代史の勉強を、ライフ・ワークにしているといえよう。

まだ一〇歳足らずの少女の頃、奈良の寺々を訪ねた時の強烈な仏像群の印象か、持統天皇の詩に詠《うた》われた天の香具山の近くに母方の親戚があったからか、幼い時から歴史が、特に古い時代の日本の歴史が好きであった。ずいぶん早くから、大学では古代史を専攻しようと心に決めていたように思う。しかし、ひたすら好きだということだけをたよりに、細々ながらも研究をここまで続けてくることができたのは、周囲の人々の並々ならぬ理解と協力による。近年、社会人教育が盛んになりつつあるが、私の場合も大学卒業後、教員生活を経て、結婚してから再び大学院の門を叩いた。

修士論文を書いていた時、畳一面に散らかした清書原稿の上を、歩き始めたばかりの娘が、危なっかしい足どりで踏んで歩いていたことが、昨日のことのように思い出される。

その娘も、大きく育って今や一一歳になろうとしている。娘の生長を実感するにつけ、この一〇年間の私の学問が、それに匹敵するほどの進歩をとげたかと問いかけてみるが、おぼつかない。

ただ一昨年、とにもかくにもここ五年ばかりの研究の成果を、一冊の本にまとめることができた。これまで歴史学の分野では、あまり正面からまともに取り組まれてこなかった、衣服の制度の問題を軸に、古代国家の形成過程や、国家の性格を考えようとした試みである。そしてそれなりの成果を得たとも自負している。

しかし、一段落したところで、研究者仲間から「そろそろ衣服の研究などはやめて、歴史学の本筋に立ち戻ったら?」と、アドバイスを受けることが何度かあった。要するに衣服などという即物的・形而下的な研究の視点は、これまでの歴史学の王道をはずれるから、という老婆心からの助言である。

「古代の男がズボンをはいていようと、スカートをはいていようと、それが天下国家にどんな関わりがある?」との友人の言に反発して始めたともいえる、衣服制による古代国家論の研究なのだが、まだこうした視点は、完全には学界の中で、認知されていないといわざるをえない。だとすれば、このような研究状況を打開し、「歴史学の王道」を拡げることこそ、私のライフ・ワークなのかもしれない。

歴史研究の、それが本筋だといわれているものがあるとすれば、私は当面、いやおそらく一生、それをはずれて、こうした視点からの研究を続けるであろう。

〈1986年6月〉

『古代国家の形成と衣服制』にいたるまで

私が早稲田大学を卒業したのは一九七一年のことである。大学紛争のさなか、大学はストライキとロックアウトのくりかえしで、少なくとも三年時は、ほとんど授業をうける機会など、なかったように思う。

学内で小さな勉強会をしていると、ヘルメットの集団が鉄パイプを手に、廊下をダダッと駆けぬけて行き、肝を冷やしたこともしばしばだった。自然、大学から足も遠のき、運転免許を取りに行ったりと、学問とはあまり縁のない、学生生活を送っていた。

あの頃の私たちの日々が、どのように政治的状況とかかわりあっていたのか、歴史研究の徒でありながら、私はそれをよく知らない。友人たちが学生運動に激していけばいく程、私は日常的に、政治的に真空な時空の中にひたりこもうとした。

歴史的な時間の流れと、自分史時系列の交差する点として鮮明なのは、三島由紀夫の自決の時である。私は卒論の準備で、図書館の参考室にいた。そこへ友人が駆け込んで来て、押し殺した声で、「ね、三島由紀夫が死んだのよ」と告げた時、静かな室内にさらに沈黙がゆっくりとかぶさっていったのを、ストップモーションのように思い出す。

大学四年次に卒論が課された時、月に一度、高円寺の竹内理三先生のお宅で開かれた卒論ゼミが、パッショネイトな場となった。大学紛争の間の空白が、かえって学問への渇望となったのだと思う。各自、一ヵ月間の勉強の成果や問題点を持ちより、発表するのだ。まったく研究に行き詰まってしまって、「テーマをかえます」という報告だけしかできない、みじめな日もあった。最終的に、テーマは持統天皇論におちついた。皇位継承法の問題を主軸に、古代における女帝出現の歴史的意義について考えようとしたものである。

「卒論の口頭試問というのは、女子供に、『もう金輪際学問などという大それたことは申しません』と誓わせるためにあるようなものだ」と言った友人がいた。

酷評を覚悟して試問に臨んだ私に、竹内先生の言葉は意外だった。

「もしその気があるのだったら、どこかの雑誌に紹介しますから、もう少し手を入れて活字にしてみませんか?」

いつもとかわらぬ笑顔でそう言われて、肩すかしにあったような気がしてポカンとしつつも、たまらないうれしさがこみあげてきた。あれが私の人生を大きく変えたひとことだったと、今にして思う。

都立高校の教員採用試験にパスしていたものの、家を遠く離れて八丈島の夜間高校以外に就職口がなく、区立中学の非常勤講師をしながら、週一回、大学院の研究室に通いはじめた。

院生は雲の上の人たちのように感じられた。平安時代の古文書を読む演習の仲間に加えてもらったが、全くチンプンカンプンの「お客様」であった。院生の研究に関する熱っぽい議論にも加わることができず、いつも隅っこにポツンとしていたように思う。だがそんな時、常に先生が一言、ことばをかけてくださり、居心地の悪さを克服することができたのだった。三年間、そうした立場で研究室の末席に連なっていたが、結婚が決まり、その相手が大学院への進学を奨めてくれた。

大学院へ入ったのと、卒論の一章が処女論文として活字になったのは、一九七四年、同じ年の春のことであった。

修士課程二年の春、長女が誕生した。出産を契機に、研究生活から遠のいていく女性が少なくなかった。娘がまだお腹にいるころ、夜中に目をさまし、ゆくすえのことを案じて嘆息をついていると、夫が耳ざとく聞きつけ、育児の協力を誓ってくれたことがあった。産院から戻った直後、今は亡き東洋史の栗原朋信先生が電話をくださり、処女論文が『史学雑誌』の「回顧と展望」でよい評価をうけていることを知らせてくださったのも、大きなはげみになった。

修士課程は出産をはさんで三年かかった。自分史とのかかわりで家族の問題に興味を持ち、修士論文は古代家族をテーマに選んだ。

正倉院に残された戸籍・計帳から、古代家族の系譜関係を図にし、くる日もくる日も眺めつづけた。

大学院の研究会に出席するため、母や夫に保育園の迎えを頼んだ。修士論文執筆の直接のヒントになったのは、研究会の席上、仲間が報告した、正倉院の籍帳に記載された人々の年齢に関する論文の紹介だった。

それは、戸籍に登載された人々の年齢が、一三歳など、特定の数字に集中することから、古代の人々は現代のように、子供の誕生に応じて出生届を出すのではなく、六年に一度、戸籍をつくるたびごとに、それ以前に生まれた子供たちを一括して登録するのではないかという内容であった。

その頃私は、自分で作った家族構成の図の中で、母と息子の関係が、一三歳以下の男子と、以上の男子で、戸籍の登載方法にちがいがあるという事実を、いぶかしく思っていた。

例えば、戸主の妹に息子があった場合、一三歳以上の男子は戸主の「甥」という親族名称で記載され、ついでその母が、「甥の母」という続柄を記して付籍されている。ところが同じ親族関係でありながら息子が一三歳以下の場合は、まず戸主の「妹」として、母の籍が先にあり、ついでその子という形で息子が付籍されているのである。この現象が、息子の成人にかかわるのではなく、戸籍をつくった年に関係があるとすると、戸籍には当初、男子だけしか登載されなかったのではないか、そこへ現存戸籍からさかのぼって一二年前にくられた庚寅年籍（六八〇）の段階ではじめて、女子の籍がつけ加えられたのではないか。だから一三歳以上の男子は、すでに存在した男子の名前に付け加える形で、その母の名が記載されたのだと考えられよう。これに対して、六八〇年段階に男子を出生していなかった女性は、戸主の「妹」として付籍され、後にうまれた、つまり一三歳以下の男子がその「子」として、籍に付された可能性が考えられる。

戸籍が当初は男子のみに限定されていたとするなら、それは当然、父系で血縁をたどったものであったろう。そしてそうした戸籍に女子をつけ加えていったとすれば、その戸籍もまた、男系原理で貫かれたものになったのではないか、だから戸籍は父系で編成されてはいるが、それがそのまま古代家族の実態を示しているとはいえないのではないか、というのが、研究会での友人の報告から、思いついたことだった。

戸籍が果たして古代家族の現実の家族形態を反映しているか否かについては、戦前からの長い論争の歴史があった。これを男子籍から男女籍への推移という図式を媒介にとらえなおしてみると、そこに古代家族の真実のありようがみえてくるのではないか、それはひいては、高群逸枝の母系制論を裏づけることになるのではないか、というのが私の目算だった。その眼であらためて史料を見るとワクワクした。大学院の研究会で報告したあと、竹内先生に「こんなこと言っちゃっていいんでしょうか？」とお伺いを立てると、「なに、古代史は百鬼夜行だから、かまいやせんよ」と、ほほえみながらのお答えが印象的である。

都立大学の博士課程へ進んで二年目、女子美術短期大学の日本刺繍課の学生たちに、週一回服装史の講義を、との話があった。全く不案内な分野であったが、授業の準備を始めてみると、なかなかおもしろい。しかし服装史は長い間、家政学の分野で取り扱われて来たこともあって、考古学や有職故実の分野以外には、日本古代史の側でま正面から取り組んだ研究がほとんどないということもわかってきた。

当初はアルバイトと割り切って、専門の研究はやはり古代家族の問題を……と考えていたのだが、次第にこちらに集中するようになっていった。

女子美の紀要が大学紀要には珍しく非常勤講師にも投稿を認めてくれたことは幸運だった。一九八〇年以降五年間、毎年紀要に論文を書いた。一回に八〇枚から一〇〇枚という、長編だったが、うけいれてくれ、思う存分書くことができた。

まず最初に考え始めたのは、古代の一般庶民は日常、何を着ていたのか、ということである。古代の衣服を考える材料は、正倉院などに残るおびただしい量の文献資料、また当時の下級官人らの衣服の現物など、前後の時代に較べると格段に豊富である。しかしこれから推定・復元できるのは、あくまでも律令体制内の公的な衣服であり、一般庶民の衣服は、これと別の形であったことだけはわかるものの、具体的な形態は全く不明であった。ただ、庶民の生活を謡った万葉集の東歌や防人歌などに断片的にみえる衣服関係の用語から、おぼろげに想像することしかできなかったといえよう。しかし衿とか袖とか、衣服用語をどれだけならべても、史料的制約を克服することはできない。発想の転換が痛感された。

そこで、具体的な衣服用語よりも、人間が着用している状態での衣服、衣服を着ている人間そのものを、考察の対象としてとりあげてみようと思った。

『古事記』・『日本書紀』などには八掬脛《ヤツカハギ》・七掬脛《ナナツカハギ》・長髄彦《ナガスネヒコ》・長髄媛《ナガスネヒメ》などの、膝から下の足が長いことに由来する人名が散見する。これはどうも背が高い人のあだならしいのだが、背の高いことが、脛《はぎ》の長いことで代弁された頃の人々は、脛を衣服の外に露出させていたのではないか、つまり「魏志倭人伝」にいう「貫頭衣」を着ていたのではないか、というのが出発点になった。そうした時代はいつまで続いたのか——。

そこで思いおこされたのは、修論を書いていた頃、個々の人名まで覚えてしまっていた、なつかしい正倉院の「計帳」である。「計帳」には、個人の識別のために、ほくろやアザ・瘤《コブ》などが、身体のどの部分にあるかを注記している。観察された身体特徴の位置から、どの部分が衣服に隠されていなかったか、の復元が可能である。ここからは、衿ぐりのゆったりとした、袖なしの、膝までの長さの衣服が浮かびあがってくるのだが、それは他の文献に照らして、「貫頭衣」でしかありえないという結論を得た。つまり古代の農民は、男性もまた、ワンピース形式のスカートをまとっていたのである。

「古代の農民がズボンをはいていようとスカートをはいていようと、それが天下国家にどんな関わりがあるんだ?」口の悪い学友の言葉である。

しかし、律令国家が公的な衣服として、官人層に着用させた袴、つまりズボン型の衣服は、庶民のスカート型の衣服との対比において、官人身分を斉一的に表示する、いわば身分標識としての意味が認められる。そればかりではない。近代以前の社会・国家を規定する身分制は、身分標識なしには存立しえないとされるが、衣服を身分制に不可欠の身分標識の側面から把える時、かかる衣服の存在意義のゆえに、逆に身分制の形成に、衣服が自律・能動的に働きかけていく事態すらうかがえる。東アジア諸民族の衣服制の体系化の過程を比較すると、身分標識としての衣服制の成立が、国家形成の一つの大きな指標としても把えられる。「ズボンかスカートか」は、すぐれて「天下国家」と関わった問題なのである。

竹内先生が、私費を投じて若い研究者の出版助成をしておられる「戊午叢書《ぼごそうしょ》」の一冊として、本を刊行することをお奨めくださったのは、衣服を身分政論・国家論として展開しようと悪戦苦闘している頃であった。折しも歴史学研究会で大会報告をすることになり、いっきに構想をまとめることができた。紀要に書きためた論文とあわせて『古代国家の形成と衣服制――袴と貫頭衣』が出版されたのは、衣服の研究に手をそめて五年後、一九八四年のことである。

オーバー・ドクターも四年目に入り、鬱々と楽しまないことが多かったが、本を出すことで最高に強烈な自己主張の場を与えられたような気がする。

雑誌に一本論文を発表する為だけに通い始めた研究室であったが、研究者になりたい、大学に職を得たいと、本気で思い始めたのはいつのことだろうか。男性でさえ難しいのに、私の就職など、気の遠くなるような遠い将来の話に思えた。

履歴書を書くのはいつも気が重い。いくつかの大学の教官公募に、論文や履歴書を送ったが、論文を開いて読んだ形跡もないままに、「貴意にそえません」と印刷した書面をそえて送り返されて来た。しかし思いのほか早く、本が出た年の秋、「だめでもともと」と送った公募書類が効を奏し、今大阪外国語大学に研究室を構える身になった。

〈1987年1月〉

石母田先生の思い出

どういうわけか、すごい論文を書く歴史家は、背は高からず、低からず、痩せて髭が濃く、こめかみに青すじが立たんばかりに、ピリピリしているという偏見が、私にはある。そしてこの勝手な思い込みは、たいがい裏切られる。このとおりのイメージの「すごい」研究者にあったことは、未だかつてない。

はじめて石母田先生をお見かけしたのは、一ツ橋大学で開かれた一九八〇年の歴研大会の時だった。すでに闘病生活に入られた頃で、足元がおぼつかなげだったが、戦後の歴史学を引っぱってこられたかたが、こんな小柄な、そしておだやかな表情をした人だというのは驚きであった。

私が石母田先生の著作に真正面から取り組んだのは、『日本古代国家論』が最初であった。古代の身分制を衣服の制度から解こうとしたとき、同書の中の「古代の身分秩序」が、どんなに大きな指針となったことだろうか……。

私は衣服という、あまりにも形而下的な素材を、研究テーマに選び取ろうとしていた。衣服によって、いったいどれほど歴史学の核心に迫れるか、国家や身分制の本質にどれだけ肉薄できるか、私自身、成算があってのことではなかった。

しかし本書には、奴婢の衣服の色の問題を手掛かりとして、彼らの衣服が古代の賤民制、ひいては古代社会の構造、政治秩序の本質と不可分に結びついていることが、鮮やかに示されていた。

衣服の身分標識としての重要性が、こうした形で示されたことに、私はとても勇気づけられた。ついでに言えば、うれしさのあまり、私はだいぶこの論文に深入りした。ここにはアテナイとスパルタの奴隷について、その可視的身分標識の存在形態の違いを述べたくだりがある。それは双方の国家の性格の相違に帰結するという。

アジア的なるものの本質を探るために、この二類型の違いをキッチリと把握しておく必要を感じ、私は、ギリシャの戯曲から衣服に関する記載を拾い出したり、ギリシャの美術作品の中に表現された身分標識の意味するものを読みとろうとした。

はてはギリシャ史の太田秀通先生に、ギリシャの国家と身分標識の相関について直々にレクチャーをしていただいたり、研究者としてとても贅沢で楽しい勉強のひとときを過ごした。

勢いあまって、ギリシャの身分標識について論文を書き始めたが、これはさすがに太田先生の、日本のことだけにとどめておいたほうがいいのでは、との助言で、そのままオクラ入りになっている。

ともあれ私は、石母田先生のこの著作をたよりに、研究を進めることができたといえよう。

感謝を込めて論文の抜き刷りをお送りすると、先生は、御病気との戦いの激しさを思わせる、ゆらめくような書体で返事をくださった。

一九八二年に私が歴研の古代史部会で大会報告をした時も、周囲が止めるので行けなかったが、ひとづてに話を聞いたとおたよりをくださった。そしてそこにはいつも、衣服制研究の重要性が、説かれてあった。

私は残念なことに、お元気なころの先生を存じ上げない。ただ先生は、ご病気のさなかにあっても、皆といっしょのときは、とても楽しそうだった。「箱根の会」では、座椅子に全身をゆだね、半分あおむけになったような格好で、夜遅くまで談笑された。そしてハタから奥様にたしなめられながらも、酒杯を放そうとはされなかった。

先生のズッと遠くを見通したような、スケールの大きい話を伺って、若い世代は大いに刺激をうけたものである。

一九八四年、十一月のことだったか、そのころ頻繁に中国西南部や、タイ北部に、少数民族を訪ねる旅をしていた私は、その夏に行った、中国のシーサンパンナや、大理、そしてタイで撮った沢山のスライドを、吉祥寺の先生のお宅にお持ちして、御覧にいれたことがある。早く病気を吹き飛ばして、中国くらいまで出掛けてみようという気をおこしていただこうという趣旨で、企画されたものだった。

先生の書斎の、本棚と本棚の間に白い模造紙を張りわたして、タイ族やサニ族、ペー族、ヤオ族、さらにリス族、カレン族といった人々が、華麗な民族衣装をまとって日常生活を営んでいる姿を、ひたすら沢山、お目にかけたのであった。

先生は、私の観光案内程度の説明を、例のごとく座椅子にからだをもたせかけながら、なにもいわずに聞いておられた。

そのあとで奥様とお嬢様の心づくしのお料理を食べながらの歓談の場でも、先生は、スライドの内容にわたったことにはあまり触れられなかったように思う。

しかしその後、どういう機会だったかに、先生からお葉書をいただいたことがある。そこには、「タイ族の入れ墨のこと、もっと詳しく伺っておくんだったと悔やまれます」とあった。

タイ族の男性は、しばしば腕にタイ語の経文を入れ墨しているのを見かける。スコールに遭って、作業小屋で一緒に雨宿りした中年の男性が、まくりあげた腕に、入れ墨が鮮やかだったので、頼んで撮らせてもらったスライドすらを、お目にかけていたのだ。

彼らにとって入れ墨は、若い日に寺院に入り、仏教者としての修行を積んだことの、誇らしい表象である。寺院は教育の場でもあった。したがって、寺院で僧侶としての修行を積んだということは、文盲でないことの証しでもあるからだ。そこでタイ文字で経文を腕に刻むというわけである。

私がタイ族の入れ墨についてお話ししたのはこの程度のことであり、またこれ以上の何物をも付け加えられないのだが、先生は、様々な脈絡のない私の話のなかで、このタイ族の入れ墨に特に興味を示されたのだった。

そして残念なことに、これが先生にお目にかかった最後となり、お葉書をいただいた最後になってしまった。それゆえ先生が、なぜこのことに興味を持たれたのか、今となっては想像するほかないのだが、当然それは「魏志」倭人伝の文身（＝顔以外の部分に施す入れ墨）記事の位置づけとの関係であったろうと思う。

「倭人伝」の、男子のみに限られた文身の表象するものと、タイ族男子の、腕の入れ墨の意味するところとは、たしかに通底する部分が多い。

周知のように倭人の文身は、民俗学の分野で、中国の西南部の習俗との関係が想定されている。私がかの地に通い始めたのも、この地方の衣服や文身の習俗の、「倭人伝」との共通項に惹かれてのことだった。

先生の、病をおしてなお、尽きることのない学問への情熱を思うとき、タイ族の入れ墨に言及されたのは、私の今後の研究への注文だったというよりは、先生御自身が興味を持たれ、いずれ研究の対象にしようと期しておられたからだと思う。

しかしお亡くなりになった今、先生の膨大な学問の守備範囲のなかから、私がかかわりうるこの問題について、いつか考えてみたいと思っている。


〈1989年8月〉

竹内理三先生の想い出

「なかなかよく書けていますよ。どこかの雑誌に紹介しますから、もう少し手を入れて見ませんか?」

卒業論文の口頭試問の時、竹内先生が、ニコニコ笑いながらおっしゃったこの言葉が、思えば私の人生を変えた一言だった。

後で聞いたところによると、先生は大学院へ進学しない学生だからこそ、そうおっしゃったらしい。卒業を機に、もう学問とは縁の切れてしまう学生に対して、学生時代の記念なればこそ、チャンスを与えてくださったのだ。

「私の論文が活字になる! 雑誌に載る?」私はもうそれだけで舞い上がってしまった。

その頃私は、都立高校の教員採用試験に合格していたので、高等学校の教員になるつもりでいた。ところがなかなか採用が決まらず、やっと声がかかったのは、八丈島の夜間高校からだった。「鳥も通わぬ八丈島では、なんとしても遠すぎる、私は竹内先生のところへもうすこし通って、論文を書き直さなくちゃならないのだ」。そう思い込んでいた私は、この話をいともあっさりと断ってしまった。

当然、もう教員の口はかからなくなって、四月になっても職には付けなかった。

身の振り方を相談すると先生は、大学院の授業に出るよう誘ってくださった。私は浪人の身で、週に一度、研究室に通い始めた。大学院のゼミは、チンプンカンプンだった。先輩たちの議論についていくこともできず、研究室のすみっこでポツンとしていると、いつも先生が声をかけてくださって、居心地の悪さを払拭したのだった。

まる二年かけて書いた論文を、先生が『日本歴史』に推薦してくださり、これが活字に刷り上がってきたのを見た時は大感激で、このために私は今まで生きてきたのだとさえ思った。

そんな日々のなか、竹内先生が中央公論社の『日本の歴史』シリーズで、『武士の登場』をお書きになった頃、直木賞を受賞して新進の歴史小説家として脚光を浴びていた永井路子さんと、NHKで対談されたことがあった。録画を終えて、研究室へ帰って来られた先生は、とってもご機嫌で、永井路子さんの歴史解釈がいかに優れているかお話になった。そして突然、私のほうを向いて、真顔で「武田くん、永井路子ぐらいになれよ！」とおっしゃった。私はとっさのことに、なんて答えてよいかわからず、ドギマギして「うん、そしたら先生とNHKで対談しようね！」と言ったことを覚えている。研究室でその場にいあわせたたった一人の女性だったから、女性研究者を励ますために、先生は私にそう言ってくださったのだろう。

先生が七〇歳で早稲田大学をお辞めになる時、早稲田大学史学会の雑誌『史観』九八号が、先生の記念号として刊行されることになった。この時先生は「僕も女性研究者を育てたってことを、世間の人にわかってもらいたいから」と、私にこの号に論文を載せるように奨めてくださった。

先生が毎年一〇〇万円の基金を拠出して、若い研究者に出版助成する、戊午叢書の一冊として、本を書くようにおっしゃってくださったのは、早稲田で竹内先生のゼミを卒業した同窓生の会、竹犂会で、千葉へ旅行に行った帰り、私の車で先生を成田からお送りしていた車中のことだったと思う。思いがけない話にぼーっとしていた私だったが、高速道路の街路灯が、ズーッと都心のほうまで続いていたのが、目に焼きついている。

こうして『古代国家の形成と衣服制』を出版させていただいたお陰で、私は大阪外大に就職できたのだが、先生に報告するのを、ちょっと躊躇していた。私が「就職したい、どんな遠くの大学でもいいから、就職したい」と口癖のように言っていた頃、先生は「ご主人置いて、地方へ行くなんていかんぞ」とおっしゃっていたからだ。「大阪なんですけど」とおずおず言ったところ、「よかった、よかった！　なに、大阪は近いから、かまやせんよ」とおっしゃっていただけたので、胸をなで下ろした。

おまけにこの本で、サントリー学芸賞をいただいた。授賞式の次の日、私は先生のお宅に報告に伺い、副賞にいただいた一〇〇万円を、戊午叢書の基金に加えてくださいと差し出したところ、「自分はそんなつもりで戊午叢書をやっているのではない」と、いつになく厳しい顔でおっしゃった。

そして、「このお金は君へのご褒美なのだから、研究資金に使いなさい」と、いつもの笑顔に戻って言ってくださった。


〈1998年3月〉

ズボンとスカート

私は衣服のカタチに着目して研究しています。たとえばヒトはズボンを履くのか？　スカートを履くのか？　人間はみな、男も女も足を二本持っていますが、ズボンとスカートの違いは、その足を一本ずつつくるむか、二本まとめてくるむのかの違いです。あらゆる衣服はどちらかに区分されますが、この違いが社会の様々なことを規定していくのです。

はじめてズボンをはいたのは、おそらく中央アジアの騎馬民族。馬にまたがるためにズボンが発明されました。騎馬戦の軍事力は圧倒的で、強大な軍隊が中央アジアに生まれました。そして東へ攻めて行き、迎え撃つ中国は万里の長城を築きました。西へ攻めて行った先はローマです。ギリシャ・ローマでは彫刻などでわかると思いますが、男も女もスカートを履いていました。彼らは戦う時、馬が牽く戦車に乗って戦います。戦車に乗って戦うためには、あらかじめ道を舗装しないといけないのです。馬に乗って自由自在に駆けまわるほうが戦車よりも強いのは明白です。だからフン族が侵入してきて、辺境のゲルマン民族の大移動を引き起こし、ローマ帝国は滅亡しました。すでにフランク王国の時代になると、中央アジアのズボンが知られていました。ところが、家父長制社会が早くから発達したヨーロッパでは、ズボンをはく権利を得たのは男たちでした。つまり、女たちはズボンを履くことを認められなかったのです。そのため、ヨーロッパではズボンは男のものとなり、女はスカートにとり残され、この構図が一九世紀まで続いていくのです。

一五世紀の英仏百年戦争で、フランスを助けてシャルル七世を即位に導いたジャンヌ・ダルクは、イギリスの手に落ちて異端審問裁判に掛けられ、火あぶりになりましたが、その理由は、『旧約聖書』に謳われているキリスト教の教義に背いてズボンをはいたことに起因します。

女性とズボン

さて、次の舞台は一九世紀半ばのアメリカです。一体いつ女性たちはズボンをはき始めたのか? 産業革命の結果、布が大量に生産でき、女性のスカートは、果てしなく広がり始めました。『風と共に去りぬ』の、スカーレット・オハラのようなスカートです。でも大きなスカートは活動的ではありません。四畳半分のスペースがないと動けないのです。

そこでボストンの弁護士夫人、アメリア・ブルマー・ジェンクスが服装改革運動を始めました。長いスカートを膝までで切って、その下にはいているブルマーと名付けた長いパンツを外に顕すスタイルを実行しました。しかし、そのような格好をした女性たちを取り締まるために、道路交通法が改正されて、そういう女たちは逮捕されてしまいました。

同じ頃、フランスでも、サン・シモニスト(空想的社会主義者)たちが、完全な男女平等社会を目指して、服装も平等にしなければと、女もズボンをはく運動を始めました。しかし、二本の足の形が露わになった女性のズボン姿というのは、裸で歩くのと同じことなので、男たちは興奮してしまいました。自分の劣情が刺激されたことが恥ずかしくて、そういう服装の女性は公道を歩いてはいけないと、フランスでも道路交通法を改正しました。

ずっと時代は下って一九七七年、ギリシャのメリナ・メリクーリという女優が、国会議員に当選しました。彼女がズボンをはいて初登庁しようとしたら衛視に阻止されて小競り合いになったのですが、彼女は登庁を強行した。そのことは全世界に配信された。それほどヨーロッパでは女性がズボンをはくのに抵抗があったのです。

しかし、一方日本の議会で服装が問題になるのはズボン云々ではなく、ベレー帽をかぶっていたり、覆面を付けている議員が、「取れ！」と言われたりするくらいで、女性がズボンをはくことに抵抗がない。それほど意識が違うのです。

ズボンをめぐるヨーロッパとの異文化摩擦の一つに、一九七七年、阪大文学部で、アメリカ人の講師の先生が、ジーパンで講義を聞きに来た女子学生を教室に入れなかったことで、日本中にズボンの議論が沸騰しました。

古代日本人の服装の証明

では、なぜ日本ではズボンに対する偏見がそんなにないのか。日本はそもそも男と女の衣服の差がない国なのです。着物は男女同じ形のスカートです。

時代をさかのぼっていくと、「魏志」倭人伝に貫頭衣という衣服が記されているのはご存じでしょうか？　邪馬台国には、貫頭衣という横幅衣があると記されています。

どういう衣服かといえば、着物の袖がなく、膝のところで切ったような衣服で、おそらく稲作と一緒に日本に伝わった水田稲作の労働着だったと考えています。なぜなら水田稲作は、ほとんどの作業が夏の強い日差しの中、背中をかがめてするのです。直射日光から一番守らなければならないのは背中で、そのための貫頭衣でした。

正倉院には、様々な七世紀の古文書が残っています。東大寺では、写経生がたくさん雇われ、お経を写していました。写経生たちはいろんな理由で休暇届を出していました。その中に洗濯休暇という理由書がたくさんあります。しかも四、五日もとっているのです。彼らは「浄衣」（＝上衣とズボンの組み合わせの衣服）を支給されているのですが、正倉院に残された浄衣を見ると、墨がついたり、汚れが付いたり、ものすごく汚れています。当時の写経生たちが書いた嘆願書にも、「去年の二月にもらった浄衣が、洗ってもなお臭い、御願いだから換えてほしい！」と書いています。

洗濯休暇とは、そのような汚れた「浄衣」を洗いに帰ることだったらしいのですが、粗末な麻の衣服を洗うのに四日も必要だということは、彼らが自宅に持っていた衣服は、浄衣と同じ形ではないと想像がつきます。もし仕事をしたければ、私服を着ていけば済むことだからです。

また奈良時代の家族を書き上げた戸籍や計帳《けいちょう》も残っていますが、計帳にはほくろやあざなど、個人の特徴が書いてあります。これを人体図に落としこんでみると、首から上と、肩から先、膝から下の部分に関する記述しかないのです。たぶん衣服を着ていても見える部分だけの身体の特徴を書いているのです。

では首から上と、肩から先と、膝から下が外に顕れている衣服とはどういったものかというと、奈良時代の袴は足首まであるので、『魏志倭人伝』にいう貫頭衣ではないかと推定できます。だから三世紀の人々だけでなく、七世紀の庶民も貫頭衣を着ていたことがわかるんです。

日本とヨーロッパとの文化の違い

この衣服は、歴史上のすべての時代を通じて、日本の衣服の基本的な形としてあって、これに袖がつき、丈が長くなったのが和服だと思います。日本人が水田稲作を基本的な生業とする限り、この形が基本になってきたのだと思います。

つまり日本の衣服は、性差がなく、男女とも昔からスカートをはいてきたことになり、現代でも違和感なく女性もズボンがはけるし、男性もスカートだってはけるということなのです。

〈2011年4月〉

2 ◆ 合縁奇縁

広島の村長ふたり

祖父武田豊四郎は、銘酒「賀茂鶴」などで名高い、東広島市西条のうまれである。先祖が、最初にわらじを脱いだ土地と言いつたえる吉土実村伽伽羅《よしとみむらかから》にある武田家の墓地は、今も人家から隔たった、「松柏の地」という形容がぴったりの、蕭々とした地である。

この地にあった古い墓石を、助実《すけざね》の武田家の裏手に造成した新しい墓所に、大八車で運んで、無造作に積み上げたのが、武田家の没落の始まりだったと噂する人が居る。夜、野武士の集団が助実の墓所から伽伽羅の墓所まで、ザクザクと足音を立てて進んでいく姿を、何人もの村人が目撃したと語る。

明治元年生まれの豊四郎は明治二九年（一八九六）、二八歳にして吉土実村村長に就任し、以来死の直前まで、その任にあった。豊四郎は、吉土実村の村人を説得して付近の山々に植林を奨め、山奥に溜池を作って新田開発を行うなど、農業振興に力を注いだ。しかし自分の息子たちには農業をさせず、広島や東京へ遊学させていたのは、密かに離農を志したかららしい。娘のスミエは、広島市内の県立第一高女に在学していた頃、父が村長だと知れると、田舎者だということがバレるので恥ずかしいから、内緒にしようと、同じ村長の娘である級友と言い交わしたという。

豊四郎はさらに、明治三五年（一九〇二）から五期にわたって県議会議員を務めた。豊四郎は、今はもう死語になってしまった、いわゆる「井戸塀政治家」だった。今日のように選挙費用について政党の援助を受けるとか、関係企業の応援を受けるということはなかったから、選挙をはじめ、政治資金に自らの資産を使い果たして、ついには井戸と塀しか残らなくなった政治家のことである。

豊四郎は、県会議員時代、「武田潜行艇」と渾名されるほど、小柄で無口だけれどこれという場では、激しい言動で知られたヒトだったようで、仲の良かった教正寺の住職が、モトとの間の最初の子が産まれたとき、「豊四郎のやつはほら吹きじゃけん子供に実郎という名をつけてやった」と言ったとかいう逸話がある。とても政治道楽などできるほど資産のある家ではなかったが、一徹に、これと思いこんだら、枉げずに弁を弄して意志をつらぬき、村人に尽くしたのであったろう。

豊四郎は、選挙と政治、それに先妻・後妻との間の多くの子供たちの教育に家産をつぎ込んで、おまけに五七歳で、深酒がたたってか脳溢血に倒れ、半身不随になった時には、田畑も山林も家屋敷も、すべて銀行の抵当に入っていて売却せざるを得ないありさまだった。

私の父武田実郎は、明治四二年(一九〇九)生まれ、豊四郎四一歳の時の子供である。かねがね「実郎は東京帝大法学部に行って政治家になれ」と言っていたのは、自分が政治家のはしくれをやってみて、学歴のないことの不便さ・情けなさを痛感し、夢を我が子に託したのだろうと、父は述懐していた。葬式が済み次第立ち退くからという条件で、父豊四郎の死の日まで、母と妹の三人、家屋敷の買い主の好意にすがって、家の一部三室だけを区切って棲むことを許された、当時一五歳、広島一中の四年生だった父の無念はいかばかりだったかと思う。豊四郎の死とほぼ同時に全財産を失って、進学は容易ではなく、熊本の五高へ合格したものの、学資がなく、一年入学を延ばさざるを得なかったとは、繰り返し聞かされた苦学時代の思い出である。

実郎の母モトは、一家の生計を案じて、実郎の就職を勧める親族たちには耳を貸さず、「あなたが高校へ行って大学を卒業するまで、私はお針仕事でもして生活し、病気もせずに絶対に生き抜いてみせる、だからそれまでは心配せず、進学しなさい、そして大学を出たら、すぐに私はあなたと一緒になり、生活の面倒もみてもらうから」と、進学を勧めたという。そのための奨学金の獲得にも、モトの捨て身の尽力があった。

東京に芸備協会という、最後の大名として知られ、貴族院議員も務めた旧広島藩主、浅野長勲《ながこと》公の寄附をもとに設立された、広島県出身の学生を対象とした奨学財団があった。現在も続くこの財団の奨学金の貸与を受けることができたのだった。

実は奨学生に選ばれるのは、並大抵のことではなかった。しかしこの芸備協会には、明治の末に北海道へ渡って電力気事業にかかわり、財をなした広島賀茂郡西高屋村出身の実業家、山田英三氏が、巨額の寄附をしていた。

山田英三は大正の末年から、西高屋村の村長を一二年間つとめ、その間、西高屋駅を設けるのに奔走し、大正一五年（一九二六）に駅ができると、駅前広場を作るために広大な土を寄附し、道路こそ大切だと、整備費用の全額を寄附した。また鉄道の複線化で汽車の騒音が小学校の授業を中断させることが多々あると聞くと、校舎を山の上に移転し、その建設費の半額を負担するなど、教育にも力を尽くした。高屋西小学校の校庭の隅には、昭和二八年の建立当時、七八歳になった山田英三翁の、巨大な顕彰碑が立っている。広島文理大教授、斯波六郎の撰になる碑文には、駐在所、農業倉庫、避病院を建設し、第二次大戦の際には、海軍に飛行機を寄附したことまで、氏の事績が連ねられている。のちに広島市長を二期つとめることになる息子の山田節男が、東大を出て、参議院議員になったことも、その功績の一つとあった。

また山田英三の生家に近い、西高屋町の巴神社の境内には、鳥居、定夜燈ほか、夥しい数の石造物に、英三の寄附に拠る旨が刻まれていた。神社の裏手に、大正六年建立の、巨大な山田家累代の墓があるが、これも山田英三の建てたものであった。

山田英三の村長としての事績を見ていくと、山陽線の新しい駅の開設を悲願にし、駅が実現すると、駅を中心にした広場や道路を造成し、いわば近代的な都市計画を考えたという先進性は、地域の将来にとって刮目すべき点であった。昭和の前期と、一方は明治後期から大正の時代という、村長在任期の時代差でもあったかもしれないが、あくまでも農業振興策を基軸とした豊四郎とはちょっと政治の視点もスケールも違う。

また英三自身は、豊四郎と同じように学問はなかったというが、未来の人材育成を期して、小学校教育を重視し、また育英奨学金に多額の寄附をしていたというのは、自分の子供だけには学問をつけさせ、密かに離農を考えたという豊四郎とは、財力の格差ゆえでもあるが、一線を画するものがある。

この、英三が芸備協会に対して行った多額の寄附により、協会の奨学生の一人を指名する権限が英三にはあった。

実郎の母モトは、これを知るとすぐさま、小学校の同級生だったというよしみをたよりに英三を訪ね、芸備協会の奨学生に我が子実郎を指名してくれるよう直談判したという。

山田英三は明治九年（一八七四）六月に、西高屋村溝口に生まれている。溝口に小学校ができたのは、明治九年のことだから、当然ここへ通ったのだろう。西条にも小学校がすでにあったから、ひと駅となりの西条出身の、明治八年（一八七五）三月生まれのモトと、ふたりが机を並べた可能性は、はたしてあったのだろうか？

実は明治一九年（一八八四）四月、賀茂郡の一七ヵ村が連合して、賀茂高等小学校を創設した。各村の小学校から一、二名だけが進学し、さらに三ヵ年をここで学んだという。遠方から来るものは、知人宅や社家や寺院などに寄宿してこれに通ったという。各小学校が高等科を併設した明治四一年に廃校になったが、おそらくモトは、ここで西高屋小学校から賀茂高等小学校へ進学してきた英三と、机を並べる僥倖を得たのであろう。

同じ村長とはいえ、一方は財産を無くして、半身不随で失意のまま世を去った井戸塀政治家であり、一方は、十指に余る会社を経営するかたわら、村長として起こした諸事業に、莫大な私財を投じている、羽振りの良い政治家であった。あまりにも格差がありすぎるように思うが、そこで臆したりせず堂々と頼みに行けたのは、モトの物怖じしない育ちの良さと実行力のゆえだったろう。

豊四郎が息を引き取ったのは、昭和二年（一九二七）八月のことだった。享年五九歳。

今、人手に渡って久しい助実の家に棲む人は、車を停めてしばし佇む私に、いぶかしげな目を投げてよこす。

大正の自由を呼吸し、昭和の半ばを活きて、八五歳の天寿をまっとうした英三の生家は、西高屋の巴神社の階段右手に、英三の資金で造作したという、六角石で組んだ凝った造りの石垣の高みの上にあった。井戸塀政治家だったわけではないが、建物の一部は、晩年英三氏自身も移り住んだ、別府の別荘へ移築され、ここも今は石垣と井戸が残るだけで、竹林を蕭々と風が吹いていた。

〈２００８年10月〉

大正・昭和の大阪天満宮天神祭——母の日記から

昨年八二歳で亡くなった母武田道子（旧姓、松井）は、大正二年（一九一三）天神橋筋三丁目四〇—二の、漆器屋の長女として生まれた。昭和十年に広島の女学校の教師として赴任するまで、この地で過ごした。道子の通った大手前高等女学校は、夏休みには日記を宿題にしていた。毎年の夏休みの日記や、後に奈良女子高等師範に進んだ時の日記が、残っており、私は今、これをもとに母の一生をたどる作業を続けている。天神橋筋の商店街は、天満宮の参道でもある。そこに住む人々にとって、夏の盛りの天神祭は、最大のイベントだったのだろう。日記にも、毎年のように天神祭が登場する。道子の日記から、天神祭や、天満宮についてふれたところを抜粋してみよう。

大正十五年（一九二六）、女学校一年生の日記は、擬古文調の、気取った文体である。

今日は天神祭の日なり。参詣人多し。各自盛装をこらしてぞろぞろと通りゆく。何ゆえにかく盛装するや解せず。夕方母上の仰せにて我も着物に着替えぬ。されど広き幅の帯ははなはだきゅうくつなれば、二、三〇分にして着換えぬ。母上は「おかしき子かな」と仰せられたれど、やはり身の自由なる方がよし。

夏の暑い盛りにもかかわらず、天神祭の日は、人々は、思い思いに着飾って参拝した。道子も母の言いつけできれいな晴れ着に着替えてみたものの、幅広帯が窮屈だと、さっさと脱いでしまった。急速に洋装化が進み、和服の不便が、ことさら言い立てられた時代である。道子も洋装信奉者だった。「夕食後お茶に行く。けふはお濃茶である。昨日縫ってもらった帯をしていって苦しかった。つくづく日本の衣服の害がわかった」と記す。愛情こめた手製の帯だろうと、和服は悪としてはばからないのだ。

昭和三年（一九二八）七月二十三日

お花のお稽古に行く。明日明後日はお祭りだからもみの木だ。肉の多い葉の、濃い緑が美しい。天神祭ともみの木は、どういう関係があるのだろうか？　翌四年の日記にも、「祭提灯・幔幕・もみの木の瓶花・金銀の屏風」が、祭気分を盛り上げると書いている。

昭和三年七月二十四日

今晩は天神祭の宵宮である。ほとんど夜通し、通りには履き物の音が絶えなかった。

二十五日。今日は天神祭だ。朝飯をいただいてから、妹とお参りした。ぞろぞろぞろぞろと、聞くさえ熱そうな下駄の音と共に、人の波が五彩にきらめきつつ天神様の境内に押し寄せる。

その波に身を投じて私も流れていった。真夏の暑い日光の中を、たきつせの汗にまみれながら……。ああ家で昼寝でもしているほうがどれほど衛生的で、気持ちよいか知れたものではない。一六歳になった道子は、天神祭の祭気分からも、少し身を引くことで、大人であることを強調しようとする。こんな生意気な日記に、先生は、「しかし大阪の代表的なお祭りの賑わいの中に自分を入れて、民衆気分にひたるのもひとつの世間学でしょう」と、朱を入れて、それとなくたしなめている。

この日の日記はさらに続く。

夕食後、伯母様のお宅へ行く。遅く帰った。涼み台に碁がはずんだりして、お祭り気分が濃厚だった。

ここにいう伯母というのは、天神橋筋四丁目で小間物屋を営んでいた、奥村カツのことらしい。大人気取りの道子をよそに、天神橋筋はどこも、お祭り気分で盛り上がっていたのだ。

昭和四年七月二十四日

天神祭の宵宮である。遠くまで続く門並の祭提灯、張りめぐらされた幔幕、もみの木の瓶花、金銀の屏風、どれもこれもお祭り気分をそそりたてるものばかり。妹は楽しそうに友達を呼んできて語らっている。お祭りは子供の世界だ。私もお正月が過ぎれば、お祭りを待ちに待ったものだった。祭太鼓のにぎやかなひびきもどんなに子供心を沸きたたせたことだろう。けれどもうあんな時代はすぎた。どうした心の変化であろう。もう一度お祭りにあこがれる頃の私にかえりたい。今から思えばずっと楽しい明るいあの頃だった。もう帰ろうと思っても帰れないから、それであの幼年時代がこんなになつかしまれるのかもしれないが……。

すっかり大人を気取って、天神祭の雑踏からも少し身を引いて、祭の熱狂に身を投じていった子供の頃にはもう戻れないと記す。昭和四年、一七歳の道子である。

この日記のくだりには、大手前の先生が、「宵宮の太鼓に心ときめきしいとけなき日のなつかしきかな」と赤ペンで書き入れている。

昭和五年七月二十四日

天神の宵宮

　宵宮の太鼓に心ときめきし

　いとけなき日のなつかしきかな

感想はただそれだけ、何度いってもつきないこと、仕方のないことだ。

前年、先生が朱で書き入れてくれた歌の、そのままの引用である。この年は、翌日の本祭についても一切記述がない。ますます子供ではない、という自意識がつのって、参拝しなかったかもしれない。

昭和九年七月。奈良女子高等師範学校の四年生になった母は、もう女学校の頃のような気負いはなく、すなおにお祭りを楽しむ心境になっている。

昭和九年七月二十五日

夜、お渡りを見ようと母と堂島大橋へ。朝から時々パラパラする。少しおそかったもので、ものすごい人のながれと、川の上の大篝火《かがりび》だけに緊張、祭気分を満喫した。端建蔵橋《はたてぐら》の上でわずかに船渡御《ふなとぎょ》の尻尾をみたのがせめてものことだった。

松島まで電車に乗り、天神前で御列を待つ。大変な群衆に、巡査の制止が大変だ。これでまた明日の防空演習が続いて、体が、声が、続くかと案じられる。でもまああの人たちは、ああすることに一種の誇りを持っているのだ。一一時頃やっと家に帰る。雨が降り出した。

いよいよ戦争の気配濃厚になったこの時期、大阪では、昭和九年七月二十七日、ラジオが伝える空襲警報発令を合図に、大々的な防空演習が行われた。母はこの訓練の様子を、事細かに記述している。そんな状況のなかで、天神祭だけは今年も、いつもと変わらぬ大篝火を背景に、船渡御の列が大川を渡って行ったのだろう。

天神祭の記述はこれだけだが、昭和初期の、大晦日の夜の天満宮の様子を記した部分があるので、引用しておく。

昭和七年十二月三十一日

なるべく店に出ず、明日の支度をした。煮物は昼前にできあがった。日中に台所の掃除をして、二階も片づけた。でも重詰めのできた時は、もう暗かった。夜七時から二時過ぎまで、店で働いた。立ちづめの脚がけいれんでもおこしそうに硬かったけれど、のんきに歳末の町をゆく人の群にも入りたく、数時間後に上がる日の出を待つ家々の様子も見たく、外に出た。三時だった。寺町の寺から、何時にない大きな梵鐘の響きがしていた。すっかりすっかり疲れた店店は、店頭も乱れて力ない。大分人足もまばらだ。天神さまの前、まだ門もあいていず、門前にさした店の電灯のみ明るく照らしているのに、初参りの人影が三々五々、柏手をうっている。菓子など買って帰る。水気のないアスファルト、硬くて凍てついたような感覚が、下駄から伝わる。四時半、店をしまいにかかる。沢山散らばった紙屑など、片づけ、掃き出した時は、さすがに気持ちよかった。

とても手があれた。六時、風呂へゆく。母と二人、なにかしら、はしゃぎたい気持ち。帰り道、東の空のだいだい色に、屋根の線がくっきりとしている。

昭和初期の天満宮は、大晦日の夜は、門を閉ざしていたのだろうか？　現在のような初詣の賑わいはなかったようだ。

〈1997年7月〉

お墓と戒名あれこれ――母の思い出によせて

終戦記念日、ひさしぶりに富士の裾野を訪ねた。八月十五日は私の母の命日でもある。大正二年生まれの私の母は、一男四女の母として、夫に仕え、子育てに明け暮れた、平凡な主婦であったが、傍ら、歌を詠み、書をなによりの生きがいとして、六年前、八十二年の生を終えた。すでに死を覚悟して病床にある母に、「遺作集を作りたいのだけれど……」と言うと、とてもうれしそうな顔をして、書作品の置き場所や、母の歌が掲載された短歌同人誌をひとまとめにした書架の位置を教えてくれた。そこにはさらに、母が小学校以来つけていた日記や、父からのラブレターをはじめとする手紙の束、それに幼稚園の卒園証書から始まって、高等女学校の修了証や成績表、奈良女高師時代の授業ノートなどがあった。それらをもとに、昭和という時代を生きた、女の一生をたどる作業を試み、大阪朝日新聞で、七ヵ月、三十回にわたって連載したことがある。これをもとに『娘が語る母の昭和』（朝日選書）をまとめ、母と約束した遺作集『虹の橋かかれ』（嵯峨野書院）も刊行して、一周忌の時に、墓の中の、母のお骨の傍らへおさめることができた。

今年の八月十五日も、台風一過のフェーン現象で、三八・七度という観測史上二度目の暑さを記録した六年前のあの日と同じ、抜けるような青空が富士の裾野に拡がっていた。父は生前、故郷広島の墓はお参りするには遠すぎるからと、早くから富士山の麓にある公園墓地の一画を買って、分骨することにしていた。母が長女だったために、断絶することになった松井家のお墓と、ふたつ並んだ区画である。父母は今、母の両親や、幼くして死んだ兄弟の霊をおさめた墓と並んで、今富士の裾野を奥《おく》津《つ》城《き》として眠っている。

父の晩年、懸案だった広島の先祖代々の古い墓を整備した時、その基壇に、ここが武田家発祥の地である事実を刻もうということになった。毛利との合戦に敗れた先祖が、この地に帰農したという謂《い》われのある地である。しかしどういう文面を刻むかとなると、親族の意見が分かれ、あれこれ考えても、なかなかこれといった妙案が浮かばなかった。そこで母がやおら筆をとり、「武田家先祖挂冠帰棲之地也」としたためたところ、この文面ならと、親族も賛成した。

父が亡くなった時には、富士の麓の二つのお墓の、風化が進んでしまった人造大理石の墓石を、自然石に取り替えようということになった。その銘文をどうするか、という段になった時、今度は母と私の意見が一致した。

家制度は崩壊し、また少子化が進んで、これからのお墓は、「○○家」と刻む時代ではなくなって来ている。長男・長女の結びつきの夫婦が増えて、夫婦各々の先祖のお墓を、別々に持ち続けるなどということが、できなくなる時代になるだろうからである。当然別姓の人が同じ墓に合祀されることが多くなってこよう。だから○○家の墓では、都合がわるくなって来ているのだ。そもそも「○○家之墓」とか「〇〇家先祖代々之墓」などという碑銘も、明治以降一般化したものに過ぎないという。夫婦別姓が、なんらかのかたちで、法制化されることも、時間の問題であろう。私自身、夫婦別姓の先駆けを自認していることでもあるし、私たち夫婦も娘一人だけだから、事情は同じである。だから、墓石を換えるのを期に、「武田家」、「松井家」というような、家の名前を刻むのはやめようということで、母と意見が一致した。

墓石に思い思いの字を刻むようになったのは、いつの頃からだろうか？　京都永観堂の、谷崎潤一郎の、自然石に「寂」と刻んだお墓あたりが、ずいぶん初期にあたるんじゃないかと、そんな話を母としながら、さて、なんと刻むかを考え始めた。「和」とか「寂」とか、ありきたりの平凡なのじゃおもしろくない。あれやこれやと、考え始めたが、とんと妙案が浮かばない。

そんな折り、母が京都嵯峨野の、瀬戸内寂聴尼の寂庵落慶法要の供養卒塔婆にあった「四海静謐《しかいじょうひつ》離苦得楽《りくとくらく》　種種宝荘厳《しゅじゅほうしょうごん》　宝珠多華果《ほうじゅたけか》　天人常充満《てんにんじょうじゅうまん》　園林諸堂閣《おんりんしょどうかく》」という文言が、「法華経」の教えであることを知り、この中の「得楽」という言葉がいいのではないかという。もう一方の石には、「倶楽」でどう？　と……。クラブを漢字で書いた場合「倶楽部」と書くが、そこからの着想である。そこで「倶楽部」という言葉が、中国の古典か、あるいは仏教の経典に淵源する、深い意味でもあるのかと調べてみたが、どうもそれらしい典拠はなく、CLUBに音が通じることからの、漢字の当て字に過ぎないようである。

でも「得楽」「倶楽」とならべると、「楽を得て、倶に楽しむ」となる。墓の下に集う人たちが、なにやら楽しげに仲良くやっていそうではないか。通りがかりの人が、こんな墓石を見たら、なんというエピキュリアンの一族なのだろう、と思うに違いない……。そんなことを語りあいながら、母と二人、なんだかとってもうれしくなってしまって、この言葉に決めた。母の書いた文字を、そのまま墓石に刻んでもらって、いま、富士山を背にして、「得楽」「倶楽」の墓標はふたつ仲良く並んでいる。

そして今回行ってみると、真向かいに、「遊」と一文字を刻んだ真新しい墓石が立っていた。どうも六十代のご夫婦の寿陵らしい。この一画には、エピキュリアンが増殖中のようである。

うちの二つの墓石には、戒名は刻んでいない。墓標は、遺された者たちが、死者の奥津城を訪ねる時の標識だろうが、生前なじみのない戒名が刻んであるのでは、目印にならないと思ってしまったからでもある。

戒名といえば、義父が亡くなった時、その戒名をどうするかで、私たちは考え込んでしまったことがある。夫の母は早く亡くなっていて、しかも義父は宗教に全く関心がなかったため、私の夫自身もそうしたことを聞いて育ってはいなかった。なにしろ不信心な家族で、普段お寺とのつきあいなど全くなかったので、何宗の僧に読経を頼んだらいいのかさえ、とっさにはわからなかったほどである。

結局、宗派の違うお寺に葬式の司式を依頼することになったが、そこで問題になったのは、義父の戒名のことである。戒名は、本来戒を受け、出家して仏教徒になったときに授けられるものである。だから私たち俗人が命名してよいわけではないだろう。当然戒名は、お坊さんに、お願いしてつけてもらわなければならないところだが、通夜の当日、会ったばかりのお坊さんに、まったく面識のない義父の戒名をお願いする気には、とてもなれなかったのだ。戒名は、故人の生前の生き方を彷彿とさせるものでなければならないというが、生前の義父の業績や、生き方を全く知らないお坊さんから、はたして個人にふさわしい戒名をいただくことができるか、心許なかったからである。

そこで母と私は夫と一緒に、我が家の仏壇の奥にしまわれていた古い過去帳を取り出し、遠い先祖たち以来の膨大な数の戒名を、ずーっと読み通してみた。そして、戒名をつける際の、命名のおおよその傾向を学んだ。義父が生前、法曹界にあったことや、その誠実な人柄や性格、仕事ぶりをうかがわせる戒名にしたいと思った。そんな生前の義父を彷彿とさせる文字、また生前の名前を盛り込んだ戒名を、ああでもない、こうでもないと、考えた。そして、「瑛晃院瑞法誠雄居士」とした。

実はこの院号は、私の父の院号と同じである。ついでに言えば、早くなくなった義母の戒名は、清香院というが、私の母の生前戒名も、全く偶然に清香院だった。おまけに私の娘の名前は、清香という。これもほとんど偶然であるが、なにか〝えにし〟のようなものを感じている。

それはさておき、この戒名を、書家でもあった母の、水茎うるわしい字でしたためて、お坊さんにおそるおそる、「こんなのあるんですが、これで如何でしょうか」と、あたかも生前戒名があったようなふうで差し出した。

そして葬式の司式をお願いしたお坊さんには、戒名をいただいたと同じくらいのお布施も、ちゃんとした。ただ私たちの敬愛する義父に、その人生を如実に語るような、もっともふさわしい戒名を、と願ってのことである。だが、これはもしかしたら仏教でいう亡語戒の破戒になるかもしれないし、お坊さんのつけるべき戒名を俗人がつけたなんて、あんまり人に言えないことである。しかし近頃、自分自身で戒名をつけている、なんていう人のこともちらほら聞くようになった。赤ちゃんの命名には、両親はおろか、おじいちゃん、おばあちゃんまで総出で、これからこの子が一生使っていく名前に知恵をしぼり、頭をひねるのに、永遠に名乗らなければならない戒名が、お坊さんに任せっきり……、檀家としての昔からのつきあいで、生涯を見届けてもらったお坊さんというのなら、それもやむを得ないが、葬式だけ頼んだ、生前会ったこともないお坊さんに、とおりいっぺんの戒名をつけてもらったって、あんまりありがたみもないし、死者だって浮かばれないような気がする。で、国文学が専門の母と、日本古代史が専門である私とが、額をつきあわせて、一生懸命考えた戒名である。

戒名は、受戒の象徴であるという仏教の考え方に照らして、少々後ろめたくもあるが、もしこの戒名で義父が浮かばれないなら、いまや戒名をつけない無宗教で葬式をあげるヒトが増えつつあるというし、そうした戒名のない人たちが浮かばれないで、まさかみんな地獄へ堕ちるわけでもないだろうと、自ら慰めても見る。

こんな経験でできあがった素人の作った戒名であるが、すこぶる評判がよかった。お葬式が終わって、仏壇に納めるため、仏具店で、漆塗りの位牌に戒名を金字で書き入れてもらうことになった。仏具店の主人は、戒名をつくづくと見て、「この方は、生前どんな功徳を積んだ方なのですか？　こんなすばらしい戒名は見たことがない」と、心底感嘆したように、言ってくれたそうである。別にお手盛りで院殿号などを付けたわけではない。でも多くの人々の戒名をそれこそ沢山見ている仏壇屋さんの弁だから、信用していいのじゃないだろうか。

そしてこの話を聞いた母の教え子から、自分の戒名も是非私たちにつけてほしいと言われたが、むろん我が家全員が、総出で知力を結集し、全神経をかたむけての戒名の案出なんて、そう容易にできるわけもなく、義父の戒名だけで終わっている。

墓石や戒名をめぐる、我が家のエピソードであるが、こんな話も、昨今の家庭事情・葬祭事情の推移を多少なりとも反映しているかもしれない。

〈2002年10月〉

ガスビルと大阪学士会倶楽部

今、大阪御堂筋は銀杏並木が美しい。その中程あたりに、昭和初期に建てられたガスビルの、柔らかく彎曲した白磁タイルの壁を、銀杏の緑があわく染めている。あっけらかんと緑を素どおす、近頃はやりのガラス壁仕立ての周囲のビルとは、風情が違う。

学士会は今年の春、大阪大学中之島センターに、「関西学士会」事務所を開設し、関西拠点として活動を始めたが、実はすでに昭和初期、一度大阪に登場したことがある。大阪がモダンシティ「大大阪」として華々しく発展した時代のことだった。

そして私の父武田実郎（昭和八年東大法卒）は、「昭和一三年四月二九日、ガスビル内、大阪学士会館にて結婚」と、夫婦の歩みを記している。大阪にも「学士会館」があったのだろうか？

一〇年ほど前、亡くなった母の一生を新聞に連載していた時、「大阪学士会館」について調べたことがあった。当時東京の学士会に問い合わせてみたが、大阪に「学士会館」があった形跡はないとのことだった。

ただ昭和八年（一九三三）に建設された、大阪ガスの本社屋、ガスビル七階に「大阪学士会倶楽部」が、テナントとして入っていたことがわかった。オープニング当時は、これを「大阪学士会倶楽部」の「会館」と呼んだ例が多々あり、父は晩年よく出入りしていた東京の学士会館にならって、「大阪学士会館」と書いたのではなかったか。

その学士会倶楽部に事務所を置いて、学士会大阪支部が結成されたのは、翌昭和九年のことだった。支部の会則に、年一回、大阪帝国大学を卒業した新学士の招待宴を開くという条項がある。大阪帝国大学の創立は昭和六年だから、おそらくできたばかりの大阪帝国大学の卒業生を学士会員に勧誘し、ひいては学士会倶楽部の主要なメンバーにとの意図だったろう。

学士会大阪支部の創設委員長は、もと御料林の技師として宮内省に勤め、大阪の財閥、鴻池家の設立した鴻池銀行の監事に迎えられ、大阪学士会倶楽部の理事長でもあった江崎政忠だった。

江崎は、昭和八年の学士会倶楽部の会館記念式典で、冒頭に挨拶して、大阪ガス会社の厚意を特に力説したというから、倶楽部の会館設立に、大阪ガス会長片岡直方のひとかたならぬ尽力があったことは容易に想像できる。

昭和初期、大阪市の都市計画が進むにつれ、中之島の渡辺橋南詰め、現在の朝日新聞社の場所にあった大阪ガスの本社ビルは、道路拡幅で、明治三八年創建の建物の一部を切りとって、土地を明け渡さねばならないことになり、片岡は新社屋の建設を考え始めていた。

昭和三年、半年にわたって欧米を視察して、大会社の本社屋や施設をつぶさに見て回った片岡は、ガス会社が公共事業として、社会的に重大な使命があることを改めて認識し、新しい本社は、市の中央部の大通りに面した、ワンブロック＝ワンビルディングの、大規模な建物として建設すべしと、ニューヨークから長文の電報を打ったという。折しも朝日新聞社が、朝日会館と朝日ビルの建築計画を進めており、大阪ガスは、中之島本社の土地を提供する代わりに、市が着々と整備を進めていた大阪の南北を結ぶ幹線道路、御堂筋のほぼ真ん中にある、平野町五丁目の土地ワンブロック分、七五〇坪を手に入れることができた。

ガスビルは、ガスが可能にする近代生活のイメージを具現化するという使命のもと、大大阪のシンボル、御堂筋に建てられた。アールデコ様式の、巨大客船を思わせる、大阪でも珍しい全館冷暖房完備の建物であった。安井武雄設計で、昭和モダニズムの到達点を示す名建築と誉れ高いこのビルは、ガス灯が電灯に取って替わられ、家庭の調理用燃料に転換しつつあった時代に、最先端のガス器具を用いた近代都市生活のショールームでなければならなかった。八階のガスビル食堂では、帝国ホテルから迎えた料理長が、最新のガス厨房器具で最高の洋食を提供した。関西の財界人やエリートビジネスマンたちが、広い窓の向こうに浮かぶ、関一市長の提案で、市民の募金で再建された大阪城天守閣を眺めながら、片岡が本物の西洋料理には欠かせないと、種を輸入して栽培させた生セロリで始まるコース料理に、モダンシティ大阪を味わった。

また七階には、一度に一〇〇人が実習できる「ガス料理講習室」と「試食室」が設けられ、女性たちに最新式のガス調理器具を用いた料理法を教えて、ガスの普及に一役買った。広い窓に囲まれて、採光、換気、そして眺望も抜群で、高級料理コースは一円、家庭料理中心のコースは五〇銭で講習が受けられ、講習後はとなりにあった三〇坪ほどの試食室で、試食しながら、テーブルマナーも実習できる仕組みだった。

この試食室は、大阪学士会倶楽部に隣接していたので、倶楽部主催の午餐会や講演会の際にも頻繁に使われていた。ガスビルの上層階は、まさに近代大阪のエリート男女たちの空間だったといえよう。

このように近代大阪のシンボルそのものであったガスビルの、七階のほぼ半分を占めた学士会倶楽部の会館スペースは、総計二〇七坪。賃貸料は一五〇〇円であった。坪単価は七円二四銭。他のスペースの賃料は、坪当たり一一円が多かったから、破格に安い。

昭和一七年の末にガスビルが東税務署に提出した借室人の調査報告書では、オープン当初と同じ、千五〇〇円の賃貸料を受けているので、この段階までは、二〇〇余坪の規模を保っていたようだが、昭和二〇年の貸し室賃貸契約書を見ると、賃料は三分の一の五〇〇円になっているので、おそらく規模をグッと縮小したのであろう。

昭和二〇年、ガスビルは進駐軍に接収されて、テナントはすべて退去させられた。全館冷暖房完備、給湯設備まであるガスビルは、将校クラスの宿舎として最適の条件が整っていたからである。六階以上は細かく仕切った個室に改装され、学士会倶楽部も将校たちの居室スペースとしていくつもの小部屋に分けられた。料理講習室は、調理台ごとの水道やガスの配管を利用して、バス・トイレのあるいくつものブースに作り変えられている。やがて接収が解除になっても、ここに学士会倶楽部が戻ってきた形跡はない。

昭和八年の『學士會月報』一一月号（五四八号）に、「大阪学士会倶楽部」會館の、開館式の模様が伝えられている。ガスビルの竣工は、昭和八年三月末だが、五月一〇日にガスビル二階の講演場において、大阪学士会倶楽部の創立総会が開催され、やがて同倶楽部の会館になるはずのガスビル七階ホールにおいて、四二〇名もが集まって、宴会が行われていた。

そして四ヵ月後の八年九月三〇日、「文化都市大阪を飾る一大機関として、大阪ガスビル七階に斯界の一流専門家が蘊蓄を傾けて設計中」だった「大阪学士会倶楽部」會館の開館式が行われた。まず完成した「會館」を見学してのち、旭堂南陵の講談、北新地の芸妓たちの舞踏などの余興のあと、ガスビル二階にあった六〇〇名収容のホール、「講演場」で式典が行われた。

阪大の初代総長だった長岡半太郎は、「大阪学士会倶楽部の会館の位置は、大阪市の中央、交通至便の地にあり、しかも完成した館の施設は、輝かしき近代の粋を集めたものであり、本会の将来を約束するようだ」と祝辞を述べている。さらに、「今や大阪は近隣都市を含めると、七〇〇万を超える国際的大都市として進出著しく、その商工業は世界に覇を競い、躍進また躍進、実に我が実業界の心臓たり」と、大阪の今を展望し、さらに大阪市民は実践躬行・自力更生の民であり、しかも大阪学士会員は、各方面に盤踞して、中堅となり、指導者になってゆくのであるから、諸氏の活動如何が大阪の発展を左右し、ひいては帝国の勢いに影響するところ甚大ゆえ、会員諸賢は、単なる社交機関たるにとどめず、社会的使命を全うし、最善の活動をなす機関たらしめよと、テンション高く続けた。

この三月、日本は国際連盟を脱退し、世界の孤児となっていた。プロレタリア作家、小林多喜二が特効警察によって死に至らしめられ、京都帝大では法学部滝川幸辰教授の処分をめぐっていわゆる滝川事件が起こるなど、世は挙げて戦争への途を転がり始めた、そんな年だった。

昭和九年の「一周年記念祝賀会の報告」によれば、会館には、一日平均二〇〇名の来館者があったと、盛況を伝えている。会館には特別室が四室あった。食事は当面八階のガスビル食堂を利用することとされたが、特別室では和食に限って、食事も供されたらしい。バーコーナーもあった。学士会にはまだ女性会員が殆どいなかった時代のことゆえ、女性同伴は日・祭日に限られたが、特別室使用の場合に限り、平日も許可されていた。

昭和一三年一月には、第二六号の月刊「大阪学士会倶楽部　会報」一月号が、総ページ百余頁の立派な冊子として刊行されているが、冒頭に倶楽部の会員数を一六〇〇名と誇らかに報告し、社交室には、出征した会員からの便りを張り出して、武運長久を祈っていると編集後記にある。

記事も「北支戦線より帰りて」や、「上海戦線より帰りて」の講演記録が載せられる一方、囲碁やビリヤード、野球の競技会の成績なども報告されている。

ここに昭和初期のものだろう、ガスビルでの結婚式の宣伝チラシがある。

「現代的で、なお古来の日本精神に悖らぬ、意義ある人生への第一歩を祝福するに充分な設備、殊に神殿は総檜白木造りで、その神聖荘重さは、当式場の誇りとするところ」と、まず口上を述べ、着付け・記念写真から披露宴まで、すべてビル内で済ませることができるので、時間と費用の節約になると謳っている。

そもそも婚家で床の間を背に行われていた一般庶民の結婚式が、神前で挙行されるようになったのは、明治三三年、大正天皇の結婚式が、皇居内賢所の神前で行われて以来とされる。これを大々的にマスコミが報じたのを受けて、東京大神宮が神前結婚式を挙げ、話題になった。しかし神前結婚式が民間に普及したのは、ようやく第二次大戦後のことであった。神社での結婚式だと、披露宴の場は、他に設けなくてはならない。いちはやく帝国ホテルは、一九二三年（大正一二年）関東大震災で焼失した神社をホテル内に祀《まつ》り、美容室と写真館も取り入れて、挙式と披露宴を一体化させている。ホテル・ウエディングのはしりであるが、ガスビルが打ち出したのもまさにこうした路線であった。

ガスビル六階にあった結婚式場は、戦時色が強くなる中で、奢侈禁令の影響もあって昭和一六年一二月に閉鎖され、進駐軍の接収時に撤去された。接収解除後、昭和四一年に増築された八階テラスの部分に移設されて、結婚式場の運営を再開した。今は会社の行事にしか使われないという神殿は、父母の結婚式での、親族の集合写真のうしろに見える神殿の白木の木組みと、まったく一致し、まごうかたなく両親はここで結婚式を挙げたのだと思えた。開店当初からガスビル食堂名物だったというハートセロリが、披露の宴にも供されたのだろうかと思いを馳せてみる。

付記

一〇年前、父母のガスビルでの結婚式に触れた記事を読んで、ガスビル食堂のマネージャー、織田恭利さん（のち堺市議会議員）が手紙をくださり、今は社内の式典でしか使っていない結婚式場を見せていただいた。また大阪ガスの野村明雄会長は、昭和初期の結婚式場の宣伝チラシや披露宴のメニューなど、様々な資料を送ってくださり、当時の披露宴会場でもあった特別食堂で、ハートセロリなど、開店以来の名物料理をご馳走してくださった。大阪ガスエネルギー文化研究所の山下満智子さんには、沢山の貴重な資料を見せていただき、施設管理部の谷野信さんには、ビルの内部をくまなく案内していただいて、昭和初期の学士会倶楽部をまざまざと目に浮かべることができるような気さえした。ガスビルの生き字引といわれる谷野さんは、当時の鍵束から、手品のように見事にフロアに仕切りを復元して、学士会倶楽部の内部の様子まで語ってくださった。こうした人たちの暖かいまなざしに支えられて、昭和モダニズムの象徴だったガスビルが、今なお大阪ガスの本社ビルとして、使命を担い続けて居るのだと実感する。記して諸氏に謝意を表したい。

〈2009年7月〉

第Ⅲ章

旅路の彩虹

「右衽《うじん》」と「左衽《さじん》」

一九八四年の夏、中国は雲南省の奥地に、少数民族の生活をたずねての旅の最後の数時間を、省都昆明の動物園で過した。

折しも日曜日で、園内は家族連れで大いに賑わっていた。夏の中国の人々の衣服は、昆明のような辺境でも、冬場よりはずっと華やいでみえる。赤・黄・ピンクや紫といった眼のさめるような色彩の洪水に、ファッションの近代化の波が如実にみてとれるのだ。

しかし、広州のような大都会には多い女性のスカート姿は、まだここでは少ない。つまり男女とも、下衣はズボン、そして上衣には衿のつまった人民服や開衿シャツといったいでたちが多いといえよう。

ところで園内をゆき交う人波を見ていて、妙なことに気がついた。

我々が現在着ている洋服は、男性のそれは身頃を右前（右衽）に、女性は左前（左衽）に合わせるのを原則としている。そして現代中国の衣服の基型となっているとみられる人民服は、孫文が日本留学中に、男子学生服をみてヒントを得たといわれる。建前としては、中国の伝統的服装を改良したとされるが、洋服の上衣、ワイシャツ・カラーを兼ねるものとして考案されたといい、男子は右衽、女子は左衽という大まかな原則があるらしいことからも、洋服に倣ったものとしなければなるまい。ところが現前の彼らの衣服は、この洋服のルールに、全くこだわっていないかの如くなのである。なるほど大勢としては男性の服は右衽が多く、女性のそれは左衽が多いということはいえる。しかし男性の中に、少なからざる左衽の人々が、女性の中にも左衽の男性の数よりいっそう多い比率で、右衽の女性が見出された。

最近の日本の若い人たちがよくするように、男性が女物を、女性が男物を着ただけのことではなさそうである。なぜなら、赤やピンクといった明らかに女性用の衣服が右衽だったり、みるからにかっぷくがよく、女性用の仕立ての服を拝借できるとは思えない大男の着た人民服が、左衽だったりするからである。

いったい中国には、主として儒教思想からする衣服によって人間の社会的位置関係を弁別するという考え方があった。衣服は国内的身分秩序を可視的に表現するだけではなく、中華と夷狄を区別するめやすも衣服に求められた。

中国正史の蕃夷伝は、周辺諸民族についての衣服の記載が詳しいが、蕃夷の衣服の特徴として数えられるものに左衽がある。『書経』の畢命篇に「四夷左衽」とあり、周の君子の徳の恩恵を受けない周辺諸民族の衣服の俗を「左衽」の語で表現している。また『論語』憲問篇には、管仲が桓公を助けた故に天下統一が果たせたのであり、さもなくば我々は蛮族の侵略をうけて「被髪（髪を結わないこと）左衽」していたかもしれない、との孔子の言がある。

周以来、中国の礼にかなった服は皆右衽であるが、衽あわせに頓着せず、左衽することの多い周辺民族の風習を野蛮と決めつけ、「右衽」を尊しとする価値観ができあがっていたのである。そして事実、北魏や遼・金・元といった異民族王朝の代の人物像には「左衽」している例が頻出する。

では、昆明で見かけた男性の左衽、女性の右衽は、あるいは中国西南部に多い、少数民族の習慣に起因するのではと疑ってみた。

なるほど雲南の奥地、シーサンパンナの自由市場では、左衽の黒タイ族の老婆をみかけたし、中国湖南省のあたりから、二〇〇〇年以上の歳月をかけて南下したといい、今はタイ北部の国境近くの山岳地帯に棲みついているヤオ族の女性も、確か左衽していた。

しかし翌年の春旅行してまわった北京・西安といった中国歴代の王朝が長く都した地域や、儒教を開いた孔子のお膝もと、山東省の曲阜の人々の衣服の衽あわせも、全く同じ傾向が確かめられ、またテレビで見た中国東北部・長春の街の人々も同様であった。これは少数民族の風習の反映ではなく、中国全土に普遍的な事態なのである。

それをますます確信したのは、北京で裁縫の本を買った時である。そこには何着かの男子服、女子服の型紙のとり方が解説してあったが、そのできあがりの図は、左衽、右衽に全く頓着していないのである。

これは一体どういうことなのだろうか?

わが国の場合、和服は男女とも右衽である。しかし古い時代、例えば五、六世紀の埴輪像には「左衽」が多い。これは中国北方民族の衣服、いわゆる「胡服」の系統を引くからである。高松塚の貴人も「左衽」している。法隆寺五重塔の塑像群にも「左衽」が少なくない。

しかし中国で「右衽」が中華を夷狄から区別する、いわば文明の指標であったため、衣服の唐制採用に伴い、養老三年（七一九）、天下の民すべて右衽すべしと定められた。以来わが国は右衽を原則とし、左衽は死に装束のみとして忌んで来た。

そして明治以降洋服が採り入れられると、今度はその原則を忠実に踏襲し、男子右衽、女子左衽を守って来たのである。

こうしたわが国の在り様と対比的に考えてみると、現代の中国の衣服が衽あわせに拘泥しないのは、ひょっとすると伝統的な衣服に対する考え方が反映しているような気がしてならない。

右衽を必須とするのは、正統的中国服の場合だけであって、洋服は中国的認識の枠組みからすれば、所詮蛮夷の服である。ならばそれを着用する限りにおいて、衽あわせは全く問題とされないのではないか。つまり現代中国の衣服は、古い中華思想を、裏がえしの形で反映しているといえようか。

〈1986年5月〉

ザリガニとワニとひょうたん——アメリカ・ルイジアナ州

タバスコソースがルイジアナの産だと知ったのは、アメリカ南部ルイジアナ州はラフィエットという、人口一〇万人ばかりの街に住みこんで、だいぶたってからのことだった。工場を訪ねてみると、世界中に輸出されて、市場を独占しているかにみえるわりには、小さなレンガ造りの昔風の建物の中で、岩塩やお酢につけられた唐辛子が、静かに熟成を待っていた。なんとなく唐辛子のソースなんていうのは南米の産にちがいないと思い込んでいたが、たしかにラベルには、「ニューアイベリア・ルイジアナ」と、生産地が明記してある。ルイジアナ南部の料理はクレオール、またはケイジュン（＝cajun）料理と銘うって、ちょっと有名なのだ。私たちのよく通ったレストランは、ニューヨークやサンフランシスコにも支店を出して人気を博している由で、勢いにのって東京のホテル・ニューオータニにも進出して来た。どんな途方もない値段で食べさせているのかは想像もつかない。ケイジュン料理の特徴は、スパイスを沢山入れること、お米を使うこと、えび・かに・かき、はてはなまずで、魚介類を多様に料理することだろう。

中でもきわめつけはクロウ・フィッシュ＝ざりがにである。ルイジアナは米の産地でもある。稲を苅りとったあとの水田で、ざりがにを養殖するのだ。甘えび程度の大きさに育ったところで、特別のスパイスを加えてゆでる。テーブルいっぱいに新聞紙を幾重にも敷きつめ、真中に伊勢えびの赤さにゆであがったざりがにを山盛りにして、手づかみで食べる。手もとには、みる間にカラがつみあがっていくが、食べ終わったら新聞紙をテーブルのへリからクルクルとつつみこみ、カラごとまとめてポイという合理性に、目をみはる。

ルイジアナはその名の通り、もとフランスの植民地だったところだ。ローカルテレビは、例えばハリケーン情報など緊急の時には、英語で伝えたあとに必ず仏語で繰り返している。ケイジュンという語も、「仏語を話す人々」の意なのだそうだ。フランスからカナダのノバスコシアにわたった人々が、イギリス系の人々に追われてアメリカ大陸の中を南へ南へと移り棲み、メキシコ湾にのぞむ地まで追いつめられて、ミシシッピーの度かさなる氾濫が、そこここに残した沼のほとりに棲みつかざるを得なかった。ラフィエットからニューオルリンスまで四〇分ほどを一五人のりの双発機で飛ぶと、みわたす限り沼、沼、沼……、田も畑も作りようのないぬかるみが、途方もなく続く。沼はまた、ワニの棲みかでもある。アメリカのレストランでワニ料理が食べられるのは、フロリダとルイジアナだけだそうだが、鳥肉によく似ているというその味を、少ししりごみしているうちに期を逃し、試すことができなかった。ニューヨークに旅行した当地の学生が、「ルイジアナは沼ばかりで、家から家もボートで往き来するって本当?」と、まじめに聞かれたというが、北部の人々のルイジアナ・イメージには、少々侮蔑の念もまじっていて、笑えない一面がある。

だが人々は底抜けに明るい。ハリケーンの真只中、停電でレンジが使えないと、軒先でビール片手にバーベキューをする隣人。公園の水たまりで、倒木を尻目に、水着姿でサーフィンのまね事に興じる若者たち……。人情は音楽にも反映する。

昨年度アカデミー賞の伝統民謡部門は、当地が誇るケイジュン・ミュージックの上に輝いた。バイオリン、エレキギターとアコーディオンが中心で、土俗的だが、底ぬけに明るくリズミカルな響きがある。街から二〇分も離れたところにあるライブの店は、老人までがステップを踏み、夜半もにぎわっていた。

当地の大学の歴史の先生は、南部の人々の明るさ、人のよさを、気候のせいだと説いた。暑さゆえに多くの時間を戸外で過ごす。必然的に人々は、開放的に、人なつっこくならざるをえないのだという。

しかしアメリカ経済のかげりは、ルイジアナの人の心も、くらくする。家のそばのガソリン・スタンドに、二度も強盗が入ったと、南部なまりで老人がこぼす。石油の不景気が州財政を圧迫して、税金は上がるばかり。ルイジアナはだんだん住みよいところでなくなりつつあるという。ラフィエットの石油会社の事務所は、このところどんどんテキサス方面へ移転している。ダウンタウンは昼間でもさびれて、ともするとゴーストタウンの雰囲気さえただよう。昨日まであったレストランが、今日は閉店だ。黒人問題、失業者の増加……。「国際免許の制限が切れたから、運転できない」と言うと、「なに、ルイジアナは財政ひっ迫で警官を雇うお金がないから、事故さえおこさなきゃ大丈夫、検問なんてありっこない」と、冗談半分に学生がうけおう。現職の州知事が汚職で逮捕され、彼のスキャンダルと法廷のニュースでもちきりだったが、これも州財政の悪化と関係があると、皆が口を揃えた。

ルイジアナのこんな明暗を知らぬげに、一九世紀の民家を移築して展示した〝アカディアナ・ビレッジ〟には、ケイジュンスピリッツをそのまま閉じこめた時空があって、私はここをとても気に入っていた。湿地の多いこのあたりの民家は、いずれも湿気をさけて高床式である。台所にはひょうたんで作ったしゃもじがならんでいる。米をつくっていることの共通性といい、そそっかしい研究者なら、今はやりの民族・文化のルーツ論で、日本と雲南どころか、ルイジアナまで結んでしまうのではないかと、おかしかった。気候や自然環境が酷似していれば、食・住ともに似てくるのは、たとえ太平洋を隔てていても、起こりうることなのだ。同じ人間のことである。おなじような環境にいれば、やること、考えつくことに、大した違いのあろう筈はない。短絡的なルーツ論はやっぱりダメだと、ひとりで納得した。

〈1987年4月〉

豪華ホテルのポリシー

オーストラリアに四ヵ月ほど滞在していた夫が、遊びに来ないかと誘うので、グレートバリアリーフにある小さな離島にでかけた。海がめの産卵や、多種類の珊瑚で世界的に有名な島である。この際スキューバダイビングを習おうと、医師の診断書も用意したが、原稿の締め切りに迫られて、どうしてもパソコンをかかえて行かざるを得ない。だから夫が予約してくれた豪華リゾートホテルでの一週間、優雅に珊瑚礁にくだける白波でも眺めながら、森瑶子の世界を気取って、テラスで原稿でも書こうと計画を変更した。

しかし、ホテルのフロントから、どうも様子が違う。島のなかに散在しているコテージや、テラスハウス形式の建物の感じも、どう見ても室料にみあう豪華ホテルのイメージとは程遠い。きっと奥のほうには私たちの予約した豪華ルームがあるんだと、言い聞かせつつ進んだのに、通された部屋はまるで安アパート風。

この島は、自然との共存をポリシーにし、もっぱら自然保護のほうにお金をかけているとか。海側のテラスも、前に林が立ちはだかっていて海は見えない。聞けば光の方向へ進む習性の海がめが、産卵のあと、ホテルの灯りを目指して進むのを防ぐためとか。万事この調子で、ディスコがあるわけでもなく、夜ごとに「海がめのスープは飲むな」とか、捕鯨船の「野蛮な」作業風景のフィルムを見せたりの、自然保護教育。

おかげで波の音を聞きながらひたすらキーをたたき続け、確かに仕事はグンと進んだ。

そして、誰もいない珊瑚礁の海の中で、小判鮫までくっついた、びっくりするほど大きな海がめに会い背中にのっけてもらったりしたのだから、このホテルのポリシーに感謝しなくちゃ……。

〈1996年5月〉

砂漠のなかの街で

カリフォルニアのバーストウは、砂漠のなかの街である。一〇〇輌も連結した貨車が、ゆっくりと砂漠を横切ってゆく。時間をことさらエクスパンダーでのばしたように、間延びした時がすぎてゆく。ここに住むジム・マヘアは、南北戦争以前の南部に郷愁を持つ白人で、私たちがルイジアナにいた頃からの、一〇年来の友人である。大晦日から新年にかけての数日を、彼の家で過ごした。

このあたりは、白人とメキシコ人と黒人、それにインディアンもが、混在する地域で、近所付き合いの緊密なことといったら、東京の下町以上である。ご飯、スープに、メイプルシロップ、ミルクやトイレットペーパーまで、日に何度も、子供を使って借りによこす隣人に、あきれながらも、いやな顔をせず、貸してあげる女房のリディアは、一九八〇年に亡命してきて苦労を重ねた、気のいいキューバ女性である。白人のジムが、一〇年前、確かに恋をしていたはずの日本人と、なぜ結ばれなかったかは、今回も聞きそびれた。

大晦日には、一〇時頃から近所の人たちが、四〇人ばかり集まって、お酒を飲み、ダンスに興じながら新年を迎える。

新年のカウントダウンがすむと、子供たちの待ちに待った時がやってくる。ピニャータという、なかにいっぱいキャンディのつまった張り子のポニーをスイカ割りみたいに、目隠しした子供たちが、棒でたたき割るのだ。いじの悪い大人が、ロープを吊り上げて高さを変えてしまうので、おいそれとはあたらない。それでも何人かの子供たちにこっぴどくたたかれて、キャンディはポニーのお腹から、バラバラと落ちてくる。子供たちはこれをうばいあうのだ。それから夜を徹しての、パーティーが続く。

〈1996年5月〉

日本を向く墓石

今年九〇歳になるロイ福村は、一六歳の時、先に移民していた父をたよって、広島からハワイのマウイ島へやってきた。ひとまずサトウキビ畑で働いたが、小さい体では勝負にならないからと、一九歳の時、日本人の営む紳士服の仕立屋に奉公に入って技術を身につけた。注文取りから仕立てまで、夢中で働き、給料も出来高払いで相当よかったが、支払いの日は、主人とバクチをやってからでなければ、給料をもらえなかった。ポーカーをやっていると、オカミサンは必ずお風呂に入り、風呂あがりには彼の背中に置かれた化粧台にむかう。彼のカードを鏡のなかで読み取って、亭主に教えていたと知ったのは、一〇年もたってからのこと。給料から、負けた分を差し引かれると、いつもほとんど残らなかった。この手口を主人の友人から知らされ、思いきって独立した。勤めていたころから彼の腕前は評判で、仕事は順調だった。

激しい肉体労働で体をこわした父の面倒を見、三人の子供たちを育て、学問をつけてやるのに明け暮れたあげく、残ったのはこれだけだと、ロイは狭い家の中で笑った。

もくもくと煙を吐き続けるサトウキビ工場のそばに、今世紀初頭にできた、日系人労働者の小さな小さな住宅が建ち並んだ地域がある。ロイの妻の実家はここにあった。今はすべて廃屋になっていて、どんどん取り壊しが進んでいる。海辺のリゾートのすぐそばには、古い墓石が遠く日本の方角を向いて、かたむきつつ立ち並ぶ砂浜の墓地がある。

風化しかけた墓碑銘は、激しい労働のゆえか、どれも享年二八歳、三一歳と、若いのが悲しい。そんな傍らを、日本人観光客を乗せたバスが、続々と通過していく。

〈1996年5月〉

草原の情報ルート

九月の半ば、モンゴルで、大草原のなかを、ノインウラという地にある紀元前後の匈奴の王墓を探して二日間駆けまわった。匈奴の墓は、地下一〇メートルもの深さに作られるが、草原の土は、一メートルほど掘ると、永久凍土になる。だから二〇〇〇年前の匈奴の王墓が、そのまま冷凍保存されて、現在に至っているのだ。

中国から賜与された、漢字を織り込んだ絹で仕立てたズボンが、そのまま出土した。匈奴の王はこれを着て、モンゴルの大草原を駆け抜けて行ったのだろう。鮮烈な赤地のフェルトに刺繍されたトナカイは、いまにも走りだしそうに写実的である。

そんな王墓を、この目で確かめたくて、ロシア製の古いジープをチャーターし、通訳を連れて出かけたのだ。しかし現地に詳しいという触れこみだった案内人は、どういうわけか朝から酩酊していて、全く用をなさない。通訳が申しわけながって、遊牧民たちに聞き回ってくれるが、移動生活する彼らに、七〇年も前に掘り返されたまま放置されている墓穴が、わかるはずもない。

何度もパンクし、また突然エンストして動かなくなる車をなだめつつ、とうとう二日目の午後、ノインウラに到達した。

おどろいたのは、着いてみれば近くの牧民が、日本人女性が古い墓を探し回っているというニュースを、五〇キロ離れた市場で聞き込んで、すでにキャッチしていたことである。

見渡す限り人工構築物の一切ない草原のなかを、首都ウランバートルから、まっすぐ続く一二〇キロもの舗装道路。よそ者にはこれだけが文明の証のような印象を与えるが、草原のなかには、馬を駆使する彼らの世界の、緊密な情報流通路が、目には見えないものの、確かに存在していたのである。

〈1996年5月〉

ベトナム紀行

サパはハノイから北へ三八〇キロ、フランスのベトナム支配中に開発された保養地である。ガイドの説明によると、二〇世紀のはじめに上空を飛行していたフランス人が、機上から避暑地に適しているのではないかとして、この地を目ざとく見つけたという。以来一〇〇年の歴史を持つ、ベトナムではダラットと並ぶ観光地でもある。モン族の言葉ではスボ、砂の町の意であるという。

二〇〇五年十二月二日、夜一〇時に、ハノイから夜行寝台のビクトリア号に乗って、サパへ向かった。ビクトリア号は、終着駅ラオカイにあるビクトリアホテルの宿泊客専用の車両だとか。ホームの乗車口には、一応赤いマットがしかれていた。私はオリエント急行みたいなラグジュアリーな列車を想像していたが、内装がマホガニーで、四人用のコンパートメントであることを除けば、かつての日本の国鉄の寝台車と変わらない。幸い、往きはコンパートメントを私たちふたりで専有できて、くつろぐことができた。四人乗りのコンパートメントは、私たちふたりだけ。夜一〇時に出発して、まもなく紅河を渡る。長いホームの付け根まで行って、ようやく買えたビールが効を奏したか、それともハノイの安南都護府遺跡を訪ねての旅の疲れが出たからか、サパの少数民族についての予習などする間もなくぐっすり眠って、朝七時。ガイドにたたき起こされたのは、もうとっくにラオカイの駅に着いてからだった。ラオカイは、紅河を隔てて中国国境に接する町である。

あわてて身支度し、バスに乗り込む。これから向かうサパは、ラオカイからさらに四〇キロ、山道を登った海抜一〇〇〇メートルの高原の地で、気候は極めて温暖だが、霧の多いところである。サパに向かう道中、全員民族衣装を着た一家が、四人乗りしているバイクを追い越す。そう、この地では、まだ民族衣装が生活の中に生きているかもしれないのだ。そんな期待で胸が膨らむ。

町の広場から少し上がったところにビクトリアホテルはあった。荷物を置いて、早速広場に降りてみる。坂道を降りたところにある写真屋さんに、赤いかぶり物が特徴的な若い赤ザオ族が若い女の子ばかり、大勢で群れていた。現像の仕上がった写真を取りにきたようで、みんなで紙焼き写真を覗き込んでいる。一様によごれもない、綺麗な民族衣装である。かぶり物の後ろに、赤い毛糸で作ったフリンジを、ビーズで繋いで幾つもつり下げている。あたかも女子高校の制服であるかの如く、かぶり物も、腰当ても、ズボンの刺繍もみんな一緒に見えるのだが、よく見ると、少女たちはTシャツの上に着たり、ブラウスの上に民族衣装を重ね着したり、あるいは民族衣装と思ったものは実はダウンジャケットだったりと、思い思いのお洒落を楽しんでいる。だが共通するのは、眉を誰もが剃り落としているということである。あとで村で聞いたところによると、一〇歳頃から、毎月眉を抜くのだという。実はその赤いかぶり物からかいま見える頭を見ていて、もしやと思ったのだが、頭も剃っているようなのである。いま若い人たちのなかには、もうずいぶんそうした習俗は減ったと聞いたが、確かにこの少女たちは、眉だけでなく、頭も剃っている……！　これがなんともいさぎよくて、かぶり物から後れ毛が覗くなんてのより、よっぽど美しく見える。カメラをむけたら、思わず取ってくれたポーズは、スーパーモデルなみにカッコよく、堂々としてさまになっている。

広場には、沢山のテントの民族グッズの店が建っている。ここには黒モン族の女たちが圧倒的に多い。ついで花モン族といったところか。おんなたちはお喋りしながら刺繍に余念がないが、私たち観光客が近づくと、わっと寄ってきて、売り込みを始める。瞬く間に黒モン族のおんなたちに取り囲まれる。立ち売りの女性も大勢居て、背負った籠から次々と作品を取り出す。藍染めとクロスステッチを組み合わせた、なかなか洒落た色合いのベッドカバーや、上着、バッグ、そして銀製の首飾りやブレスレットなどを売っている。もっとも観光客相手ばかりではなくて、長靴・時計、自転車の空気入れ、ハサミなどの生活用品を、カセットテープを聞きながらのんびり売っている夫婦もいる。

広場の入り口には、粘土状の藍が、こんもり大きな山にして売られている。但しこの藍は、四割が粘土、そしてあとの四割が化学染料で、本物の藍は二割だけなのだそうだ。

私にとって驚きだったのは、ここベトナムの地では、民族衣装が、まだ生活の中に、確かに根を張っていたことである。トレッキングでやってくる欧米人に、土産物として売るためだけに、その売り子のユニホームとしてだけの民族衣装があるのではないらしいことである。確かに人々は、民族衣装を着て日々の生活を送っているのだ。

午後、バイクタクシーをチャーターして、私たちはサパから一三キロほどの、タフィン村へ向かった。五〇ccバイクの後ろに乗って、運転手の若い男の上着の裾を命綱に握りしめて疾走するのは、これで事故が起こっても、なんの補償もないだろうと思うとスリリングである。

タフィン村は、視界いっぱいに広がる棚田を前にした、人口約一〇〇〇人、赤ザオ族と黒モン族の混在する村である。欧米人のトレッキングコースとして知られており、村の中で何人もの白人のグループと、それに土産物を売ろうと付いて歩く村の女性たちに出会った。

村の裏手の山には、鍾乳洞もあって、これもトレッキングの立ち寄り先になっている。一見してわかることだが、同じ村に棲みながら、赤ザオ族と黒モン族では、どうも生活水準の格差がありそうだ。刺繍や民族衣装を強引に売りつけに来るのは黒モン族が多く、なかなか商才にもたけている。一方赤ザオ族の女性たちは、人なつっこい笑顔を浮かべて、ついて歩いてくるだけで、決して押し売りはしようとしない。民族衣装の中に、刺繍をふんだんに施し、麻素材を使うなど、より古い様式を多く伝えているのも、黒モン族かも知れない。すれ違うたび、モン族の壮年女性が、肩からなにやら細い麦藁の束風のものを抱えて、指先で絶えずまさぐるようにしているのを、不思議に思っていたが、それが麻を績いでいるのだと知ったときは、大感激だった。

麻については二〇〇二年、ユネスコ無形遺産課が中国雲南省の省都昆明で開催した、民族衣装のワークショップでのやりとりを思い出す。雲南や貴州のミャオ族たちは、麻の栽培が国家から禁じられているのだが、中国政府に対して、ユネスコからの提言という形で、少数民族の民族衣装を作成するために限って、麻の栽培を認めさせようという提案がなされたことがあった。これに対して少数民族側から、麻の栽培の禁止は、実は私たちにとって、福音となっている。なぜなら麻を植え、その茎を細く裂いて繊維を取り、縒《よ》りをかけて、長く糸に繋いでいく苧績《おづ》みの作業は、それを織り機に掛け、布を織っていくという作業に増して、膨大な手間を必要としてきた。本音をいうと、女性たちはこの重労働から解放されたことを喜んでいるのだと……。そう言うわけで中国では、手積みの麻で民族衣装を作っているところなど、まず見つからなくなったが、ここベトナムではまだ、黒モン族の女性たちが、歩きながら、あるいは井戸端談義をしながら、絶えず指先を動かし続け、苧を績み、糸に縒りを掛け続けていたのである。また黒モン族の家には、裏手の軒先に大きな藍ガメが据えてあり、織り上げた麻布が浸けられている場面に、よく出会った。黒モン族の衣服は、藍を何度も染めて、藍色というより黒に近い色に染め上げ、その衣装の色が民族の名前にもなっているのだが、村のそここに染めた反物が干してある。村の中でも、黒モン族と赤ザオ族は、分業が成り立っていて、藍染めをし、麻布を織るのは、黒モン族の仕事になっているらしい。もっともこの藍は、見たところぶくぶく藍がたっている状態ではなかったし、おそらくサパの広場で売っていたような、含有物は粘土が殆どで、藍は二〇パーセントくらいの、まがい物の藍なのだろう。

このように衣服素材を作るのが黒モン族で、それを譲り受け、加工して自らの民族衣装を作っているのが赤ザオ族なのだ。黒モン族と赤ザオ族は、同じ村に棲みながら、自ずとその間には、生活レベルの格差がありそうだったし、赤ザオ族の家では、たいがいミシンを持っていて、一台一〇〇万ドン＝六〇ドルはするが、これをフル活用して、黒モン族から手に入れた麻布で、民族衣装を作るのに余念がない。彼らは常に民族衣装を着て生活しているが、新しい衣服をおろすのは、結婚式などの行事の時だという。庭に干してあった民族衣装を、岩村さんは交渉の末、六〇万ドン、四五〇〇〇円で譲り受けた。

ところで、サパへ同行した岩村啓子さんは、神戸でベトナムグッズのお店を開いている。少数民族の得意とする手の込んだ刺繍をワンポイントにした、新しい製品を作ろうと、考えていた。村の高台で、足もとに拡がる棚田の雄大な風景を背に、刺繍の針を動かしながらお喋りしている黒モン族の女性たちのグループが居た。彼女たちの手元を見つめていて、「これこそ求めていたモノ！」と思った岩村さんは、それを頒けてほしいと頼むと、これは商売になる！　と思ったのか、何人かの女性たちはすぐに家に戻って、自分の作品を持ってきて見せ始めた。彼女はそのうちのいくつかを選び出し、通訳を介して、このパターンを沢山作って、売ってくれないか、という交渉を始めたところ、話のさなかに入ってきたのは、村の中でただ一人民族衣装を着ていない、かしこそうで、気も強そうな顔をした若い女性だった。

サパで勤めていた経験があるという彼女を、村の女性たちは、なにごとにも頼りにしているらしく、当初は刺繍のグループには居なかったが、誰かが呼びに行ったものらしい。彼女は文字も書けるようで、連絡先をすらすらと書いてみせた。

ピンクのセーターは、少し薄汚れていて、民族衣装の村のおんなたちに較べると、最初は貧相に見えたが、これは彼女なりのこだわりのおしゃれなのだとナットクした。自分はほかの村の女性たちとはちがう、サパで暮らし、文明を体験したあかしなのだと。あえて刺繍をしないのも、サパで培った「文明」を背景にした、彼女のプライドなのだろう。

背中に弟や妹をくくりつけられた村の男の子たちが、青ばなを垂らして独楽回しに興じる姿は、昔の日本にも確かにあった、なつかしい風景である。

白木で荒削りの素朴な独楽は、父親に作ってもらったと子供たちは声を揃える。その場に居ない家族までが見えるような、今や私たちの世界では喪われてしまった、暖かい情景である。

頭頂部の髪だけを残して刈り上げられた頭の幼児は、パンツをはかずにすっぽんぽんで、泥遊びしている。

赤ザオ族の女性は、平常は、簡単な赤い四角い布を織り、バンダナ状風に巻いてきゅっと前で結び留める。そのうえに乗せるあの大げさなかぶり物の、装着の仕方を実演してもらった。思いのほか大きな、長方形の四枚の布が重ねてある。対角線にあたる二つの角には、銀の玉の連なりの先に長い毛糸のフリンジが大量に付いている。この角をうまく布の中に巻き込んで、頭をふくらますのだ。一方のフリンジを、後ろに垂らすこともある。裾近くまである前あきの長い衣服は、腰のところで、前身頃と後ろ身ごろが割れている。つまり下半身は三枚に分かれているのだ。左右二枚の前身頃は腰骨の位置で腰に巻きつけ、帯のようにするらしい。刺繍を施した後ろ身頃はそのまま垂らすので、なんだか腰当てをしているかのように見える。ここはたいがい豪華に全面刺繍を施している。背中にもワッペン状に、四角い刺繍がある。サパの広場のそばであった若い女性たちの集団は、一様に襟が大きくセーラー服の襟みたいに拡がるように仕立てられていた。若い娘たちの流行なのだろうか、それとも地域差なのだろうか。この村では右の前歯の次の歯に、金をかぶせるのがステイタスであり、お洒落であるようだ。ふたり揃って同じところに金歯を入れているのだそうで、一五歳の時、一本五万ドンで入れたとのこと。理由は「綺麗になるため」と解説してくれる。結婚の前に入れるのだそうで、二〇歳で結婚し、今二四歳になる。子供は二歳とのこと。

明くる朝、私たちは、サパからラオカイを経てさらに四〇キロ、バクハーに向かった。花モン族の多く集うサンデーマーケットを見に行くためである。バクハーが近づくにつれて、市に向かう、色という色をすべて組み合わせたような、カラフルな民族衣装で着飾った花モン族の一行を、車が何度も追い越すようになった。雨の中、人々は綺麗な衣装に泥の跳ねあがるのも気にしないふうで、一様に道を急ぐ。市の日は、いつもの生活域を超えた人々との交流の場であり、若い男女にとっては、恋の芽生える出会いの場でもあるゆえに、みんな精一杯のお洒落をしてでかけるのだ。九時半頃に到着すると、市はもう相当の混雑だった。雨の中、少々グロテスクな腸詰めをほおばりながら、酒を飲む男たち。横ではポリタンクに入れて蒸留酒を売っている。ぬかるんだ路地を巡り歩き、市を探検する。外国人向けの土産物屋もあるが、一番活況をていしていたのは、地元のひとびとに向けた服飾関係の店である。

花モン族は、もう刺繍は殆どしない。その理由を「花モン族は刺繍がへただから」と言う人さえいた。彼女たちの民族衣装は、別珍の上衣に、肩まで続く幅広の旗袍＝チーパオ形の襟や、袖口に幾重にもテープやレースをかさねて縫いつけ、カラフルな縞模様にする。かくて上半身の前身頃は、殆どこの縞模様で埋めつくされている。スカートにも、上衣と同色の別珍を裾に配する他は、すべてこのカラフルな縞模様でいっぱいである。さらに前掛けも同様で、かくて彼女たちの衣服は、濃い単色の別珍の上を、細かい縞模様が覆いつくした状態なのだが、その縞の方向が、縦縞であったり、横縞であったり、または襟の部分は、斜めに縞模様が走る。はたまた横縞のスカートの上に、縦縞のエプロンをかさねるなど、同じ縞をなかなか効果的に、変化をつけて配しているのだ。そんな民族衣装の素材を、あちらの店、こちらの店と覗いて歩き、花モン族の今風ファッションを探訪しようとする。

この花モン族を特徴づける縞模様は、殆ど既製品化していて、襟や袖口、前掛け、それにスカートといった部分のパーツを、個別に売っている。またカラフルなテープやレースを長さ単位に売っている店も目に付く。「没個性の中の個性」を、どう主張していくかが腕の見せ所なのであろう。

それどころか、この縞模様全体を、プリント柄にしている生地も目に付いた。これはたいてい化繊地である。幾重にもテープをミシンで縫い重ねた従来のものより、軽さも数倍どころか数十倍は、軽かろう。化繊が民族衣装の世界を席巻し始めていることは、中国西南部で実感したが、ここでもその波は達していた。トリコット素材をプリーツにたたみ、ビーズやスパンコールをつけて、安っぽくも豪華をよそおったスカートも売られている。この市場に居る花モン族が着ている民族衣装の色調とはあまりにかけ離れているので、この地域に住む花モン族をターゲットにしたデザインではなく、他の民族を対象にしたものだろう。

数年前、ベトナム国境に近い中国雲南省の工場で、民族衣装が大量生産されているのをみたことがある。藍のろうけつ染めをプリントにした生地も、店先で沢山見かけた。ここではもはや手描きのろうけつ染めの風合いを出そうとする意志も稀薄で、おざなりな機械的アラベスク模様である。

きわめつけは、ビーズで飾りつけた花モン族のかぶり物であろうか。黒い帯をぐるぐる頭に巻きつけるかぶり物の土台部分を、黒布で来るんだスポンジで代用して、大幅に軽量化し、縁に花柄テープを廻らし、またビーズを垂下させた、なんとも派手な帽子状のかぶり物は、これも雲南の、在外モン族、特にオーストラリアや在米モン族向けの民族衣装工場で見かけたが、それと同じタイプが、ここにも達していたのだ。ひとつ二〇万ドンとかで、彼らにとってはそう安いものではないが、これがステイタスなのだそうだ。もっとも市場の中で、この帽子をかぶった女性に出会ったのは、一度だけだった。日曜日毎に立つ市の日は、彼らにとって、共同体外の人々と出会う絶好の機会だからこそ、こんな雨の日でも、最大のお洒落をして出かけて来ているはずなのに。

民族衣装は息づいていて、しかも日々変わってゆくのだ。そんな感慨をますます深くした今回のベトナム紀行であった。

〈2006年4月〉

銀の道が運んだワニ

今、島根県が熱い。古代出雲歴史博物館がオープンし、石見銀山が国内初の産業遺跡として、この六月に決定される世界遺産の登録候補に挙がっている。

日本中世・近世史の脇田晴子・修夫妻と私たち夫婦は、ここ数年来、春先に奥の細道を訪ねる旅を愉しんでいる。今年は、晴子先生が歴史文献の調査プロジェクトを率いて石見銀山遺跡の世界遺産登録のために協力し、また私も衣服の考証などを少し手伝った古代出雲歴史博物館が開館したこともあって、急遽方向を大転換して、島根県へ向かうことにした。

南北朝に発見されたという伝承があり、大永年中（一五二一―二八）に博多の商人、神屋寿禎《かみやじゅてい》によって本格的に開発された石見銀山は、天文二（一五三三）年、朝鮮からいち早く銀の精錬に灰吹法を導入して飛躍的に生産をのばし、それが各地の銀山にも伝わって、日本の銀の生産量は世界の三分の一を占めるまでになっていた。

一六世紀半ばのポルトガルの地図では、石見銀山の位置に「銀鉱山」と記載され、また長門と出雲の間の石見の国が「銀鉱山王国」と書き込まれており、大航海時代の国際貿易品として、岩見の銀は、世界の注視の的だった。ポルトガル人が種子島にやってきたのも、銀が目的だったという説があるとか。来日したザビエルも、日本を「銀の島」として紹介する手紙を送っている。

もう一〇年も前になるだろうか。中国地方を縦断する中国自動車道から米子道への分岐のきついカーブで、降り出した雨の中、突然ブレーキが利かなくなり、車を何度も左右のコンクリート壁に激しくぶつけたあげく、逆さを向いて停まったことがある。見通しのわるいカーブなので、もし後続の車があれば大事故になったこと必至だが、幸い車のエンジンは無事で、わが身に怪我もなかったので、すぐさま向きを変え、ラジエーターの水が漏ってないことを確かめながら、何とか三〇キロ先の蒜山《ひるぜん》サービスエリアまで辿り着いた。フロントがグシャグシャに潰れた車を見て、駆け寄ってきたガソリンスタンドのお兄さんに、足があるかどうか確認されたという、今振り返っても鳥肌が立つような想い出がある。

米子自動車道は将来、岡山自動車道と結んで、中国横断自動車道となる予定だが、その頃はまだ米子道すら全面開通しておらず、交通量もきわめて少なかったから助かったのだ。日本海と、瀬戸内海を結ぶ交通網は、脆弱だったことがかえって幸いした。

今回私たちの車はまずは無事に、温泉津《ゆのつ》の港に着いた。室町から戦国期にかけて岩見銀の積み出し港として発展した温泉津だが、すでに平安時代の辞書、『和名抄』に「温泉郷」があがっており、「温泉」を「ゆ」と読ませている。港町としての出発は、「温泉津」の地名が一六世紀半ばに見えるから、岩見銀の生産の本格化に伴って外港として形成されたものだろう。中世以来と伝える泉源や、明治五

（一八七二）年の地震で湧き出した温泉を中心に、大正・昭和初期の建物が並ぶレトロな温泉街である。今、温泉津の街の昼下がりは、歩く足音までが、両側に迫った岩に吸い込まれるような静寂の中にある。海から見ると岩ばかりが目立つからという「岩見」命名の由来通り、白い石と赤い石州瓦の対照が明るい家々は、間口の狭い町屋の奥に、切り立った白い岩を景観にして庭を仕立て、また岩盤を掘って部屋を作る。港近くには、なまこ壁の廻船問屋の屋敷が、裏の荷物搬入用の堀をひかえて建っている。

そんな町並みの中に、龍が昇天する姿に譬えられる白い巨岩を、背後の山上にいただいた龍御前《たつごぜん》神社がある。もとは神社も山の上にあり、ここからは港や波荒い日本海までが見わたせ、北前船《きたまえぶね》の航海安全を祈ったという。神社は江戸時代の創建というが、この岩はもっと前から、日本海を航行する船のランドマークになっていたのではないだろうか。

実はそれ以前には、銀はこの港ではなくて、北西にある沖泊や、鞆の浦という小さな港から、遠く中国や朝鮮、さらにスペイン・ポルトガルへと運ばれたという。

夕方の沖泊では、水際の「鼻ぐり岩」と呼ぶ、船を係留するために刳《く》り抜かれたいくつもの穴を、風が通り抜けていく。晴子先生が岩見で一番好きなのは、沖泊の風景だとか。櫛島に守られて深く入り込んだ湾は季節風を受けにくく、流れ込む川もないので水深も深い。天然の良港である。岸にうち寄せられている膨大なゴミのなかに、ハングルを印刷した色鮮やかなポリ袋ばかりが目立つ。

人家はあるもののほとんど人の気配も感じられないが、土蔵を持つ町家ふうの作りは、廻船業を営んでいたなごりなのだという。

沖泊の恵比寿神社の本殿は、北向き斜面の高みに、狭い急な階段をあがり、港に向かって築かれている。大永六（一五二六）年、九州から船でやって来て社殿を造るよう神託を告げた者があって建立されたという。この年は、九州商人神屋寿禎の手によって、石見銀山の開発が始まったとされる年でもあり、伝承の真偽は定かではないが、本殿の建築様式や用材は、確かに一六世紀半ばに遡るものらしい。

海から見る恵比寿神社は、中空に浮くように遠くから確認できる。日本海を航行する船にとっては、これも恰好のランドマークになっているにちがいない。

私は、出雲大社が古代環日本海の貿易センタービルとして、そして日本海を航行する船のランドマークとして機能していたと考えているが、この恵比寿神社も、規模は小さいながら、大航海時代の世界貿易センタービルだったと想像してみる。

銀山が江戸幕府の支配に移り、治安も良くなって、陸上交通路が整備されると、銀は日本海の季節風で不安定になりがちな海路の運送を避け、中国山地を横断して尾道まで運ばれ、そこから船で大阪へ回送されるようになった。これを石見銀山街道と呼ぶが、中世以来、日本海と瀬戸内海を結ぶ交通は実は現代よりもずっと活発だった。

明くる朝、銀の大阪への輸送路にあたる、広島県世羅《せら》郡甲山に棲む友人夫婦が、銀山街道の出発点を確認したいと、私たちの旅に飛び入りしてきた。石見の運上銀は、尾道までの三一里半を、石見の九日市《ここのかいち》、三次《みよし》、甲山と、銀一〇貫目入りの木箱二つを葵の御紋をつけた牛馬の背に乗せて三泊四日で運ばれたという。

甲山は中国山地のひっそりとした盆地の町であるが、鎌倉時代以来、紀州高野山領大田庄として栄え、太田庄の年貢米もここから尾道へ運ばれた。かつて七堂伽藍を誇った今高野山が、室町期の総門を遺していて、往時がかすかにしのばれる。

甲山の料理屋で、ワニの刺身だと称してサメの刺身が出てきてビックリしたことがある。因幡《いなば》の白兎を赤裸にした、あのワニである。

それは石見沖の日本海で獲れたものとか。江の川の水運を利用し、銀山街道を経由して、中国山地のまっただ中、三次の水産会社に集められ、解体されて広島県北部の各地へ運ばれたのだそうだ。海のない地域では、日持ちの良いサメの刺身が、正月や祭りには欠かせないご馳走として珍重されたという。新鮮な身はモチモチとして美味しく、中国山地を越えた流通網を実感した想い出がある。そういえば「石見銀山絵巻」にも、銀山の魚屋の店先に並ぶサメが描かれていた。

銀山街道は、尾道へ向かう道の他に、福山や岡山県の笠岡へ出る道などもあり、ワニだけでなくイリコや塩などの瀬戸内の産物や、中国山地の炭・鉄、米などを運んでいた。そういえば私の父の郷里、東広島の西条の家並みも、赤い石州瓦が使われていた。だから温泉津の風景にことのほか親近感を感じたのかもしれない。

私たちはいよいよ石見銀山に入った。銀山の支配権は莫大な利益を生んだから、大内、尼子、毛利氏と戦国大名の間を転々とし、秀吉は朝鮮出兵の戦費もこれでまかなった。家康は関ヶ原の合戦に勝つとすぐ銀山を天領とし、急速に開発を進めて幕府財政の基盤に据え、朱印船貿易の元手にもなった。

山師、安原伝兵衛が観音の示現を得て発見した大鉱脈、釜屋間歩《まぶ》は、一旦減りつつあった銀の生産量を飛躍的に高め、慶長八（一六〇三）年には三六〇〇貫もの莫大な運上銀を納めた。喜んだ家康は、伝兵衛を京都伏見城に召し出し、自らの陣羽織（辻が花染め丁字紋胴服）と扇子を与えた。今に伝わるこの服は、黄色と赤の地に紫の紋様をあしらった、とっても派手な膝丈の上着で、国の重要文化財となっている。

最盛期には二〇万人の人々が銀山で働き、一日に一五〇〇石の米を消費したという記録はいささか大げさにしても、これら膨大な銀を掘り出した坑夫たちは、冬も木綿のひとえの袖無しに縄の帯を締め、木綿手拭いをかぶって、サザエの殻に胡麻油を入れたカンテラを持ち、間歩へ入った。銀山の男の子たちは、一〇歳前後から坑内で働きはじめ一五歳には一人前の坑夫になったという。坑内はカンテラの油煙や粉塵が舞い、酸欠になることも多く、「気絶《けだ》え」や「よろけ」という呼吸器の病にかかる者があとを絶たなかったので、農作業に使う唐箕《とうみ》を応用して、薬を含んだ風が送られた。

そのうえ灰吹法で出る鉛の蒸気を吸って鉛中毒も多発し、三〇歳になると尾頭つきの鯛で長寿を祝ったというほど坑夫たちは、短命だった。

私たちが行った三月の半ば、銀山周辺は梅の花がまさに満開だった。この地に梅が多いのは、絹を縫いつけて柿の生汁を刷りつけた覆面が考案され、内側に梅肉をはさんで毒消しにしたからなのだという哀しいいわれがある。

世界遺産の登録を目前に、着々と発掘・整備の進んだ釜屋間歩の入り口を見上げていると。暗い坑内で働き、三〇歳の春の梅の花を見ることなく死んでいった、膝丈袖無しのひとえ姿の、何万人もの坑夫たちに、同じ膝丈だが家康拝領の派手な陣羽織を着て、扇子を打ち振る、得意満面の伝兵衛の姿が、重なって見える気がする。


〈2007年6月〉

西馬音内《にしもない》の盆踊り――秋田県雄勝郡羽後町

この夏やっと、念願の西馬音内盆踊りを見ることができた。

深く編み笠を被った、うなじの美しい女性と、彦三頭巾という、目の位置だけ穴を開けた真っ黒な頭巾をすっぽり被った上から、豆絞りの手ぬぐいを額に巻いた、奇妙な覆面の踊り子が舞い、その姿が篝火の中にゆらめく、幻想的な盆踊りである。

昨年、二晩をこの盆踊り見物のために割き、意気込んで西馬音内を訪れたものの、両日とも大雨に見舞われて、美しい端縫《はぬ》いの衣装が台無しになるからと、中止になってしまい、涙をのんだのである。見られなかったとなればそれだけ見たさは募る。今年は友人たちを誘って、大挙してくり込んだ。

それでも搭乗機が秋田空港を厚く包んだ雨雲に突入して行った時は、今年も雨か！　と肝を冷やしたが、東京や大阪をゲリラ豪雨が襲っているというのに、私たちの乗った車が角館を過ぎる頃には、私たちが行くところは何処もピーカン晴れだった。

鉦や太鼓、そして三味線やつづみに乗った、いささかのんびりした、しかし哀調も帯びた囃し歌が遠くから聞こえる中、会場へ急ぐ。甚句と音頭のお囃子には、時にきわどい言葉も即興で入るというが、方言のイントネーションの中で聞きとれない。

九時を過ぎれば、もう盆踊りは、西馬音内盆踊り会館を中心として、中央通りに長い列を作っている。明かりを落とした商店街にゆらめく篝火を背景に、目深にかぶった編み笠の、後ろ姿のうなじの美しさといったら……。

黒覆面の、目だけを切り抜いた、不気味な彦三頭巾も、そしてこの編み笠も、美しい踊り手を物色しようとする好色な領主の目を逃れるためだったという俗説があるそうだが、編み笠のあまりの色っぽさに、これはかえって逆効果だったに違いないと確信する。それに彦三頭巾は、男性の舞い手も被っているようで、ますますこの説は怪しい。

前後に控えめに反りがちに編まれた笠は、うつむきかげんの後ろ姿の、結い上げた黒髪までのぞかせる。手作りで丁寧に編まないと、この素朴で微妙な反りの具合は出せないのだが、手作りだからこそ、今やとっても高価なのだとか……。

一方、近頃普及して来ている、中央がとんがった流れるような曲線で、前後に反りかえるように編まれた笠は、踊り手の顔を、半分見せられるようになっていて、若者たちに人気だというが、こっちは機械編みの安物だそうだ。

両者の笠が対比的に見て取れる写真が私の友人が撮った一枚の中にある。右側の女性の笠が、伝統的な西馬音内盆踊りの笠で、左の口元の紅から、女性の美しさが想像できる、とんがった笠こそ、機械編みの新しい笠だろう。

この夜の盆踊りの写真が、翌日の「秋田魁新報」の第一面を飾っていた。これを見た、自身も盆踊りの名手である蕎麦屋の主人が、「とんがり笠を被った東京モンの写真だろう、この頃は盆踊りを知らない東京モンのカメラマンが、東京モンの写真を撮ってすましている。困ったもんだ」と嘆いていた。

編み笠をかぶって踊るのは、阿波踊りも同じだが、あのリズミカルな阿波踊りで、連の中で踊る女性たちの、円形を二つ折りにしたような形の笠は、せいぜいひたいを覆う程度のかぶり方になっている。だから美しい顔がはっきりうかがえるので、若い女性の踊り手の自己顕示欲を満足させ、ますますかぶり方も浅くなって来たそうだが、もとは無論、顔をすっぽりかくすかぶり方でなければならなかったのだった。「カオを見せないのが本来のかぶり方なのに、キョービの女の子は、みんなカオが見えるように被るんで困ったモンだ」と、以前、阿波踊りの調査に行った時、阿波踊り衣装専門店の主人が、同じ嘆きをもらしていた。

実は伝統の笠を深くかぶって踊ると、踊り手自身も周りが見えず、集団で踊っていても、実は一人だけの世界なので、だんだんエクスタシー状態・トランス状態になっていくのだとか……。これも蕎麦屋の主人の弁だが、ますます怪しい西馬音内盆踊りの世界である。

美しい絹の端切れを縫い集めて仕立てた「端縫《はぬ》い」の衣装は、江戸時代以来のものもあるとかで、去年の祭りが嵐の中、取りやめになったのは、この年代物の衣服を濡らして、台無しにしないためでもあったとか。

端縫いの衣装には黒繻子の襟が掛けられ、大きく抜いた襟の、ぬめるような黒が、いっそううなじの白さを際立たせてくれる。垂れ結びの黒い帯と、そこにまわしたシゴキの赤の彩りの対比の妙も、よくよく工夫されつくした衣装だと思う。この不思議な衣装は、江戸時代の奢侈禁止令の所産だと言われる。表むきはもう襤褸に成り果てた着物の、端切れだけを寄せ集めて、新たに着物に仕立てたという形を取るが、その端切れの取り合わせのセンスの素晴らしさに、厳しい禁制の裏をかいて、踊り手の個性が、鮮やかに透けてみえるように思う。

そして傍らに、端縫い衣装の女性にまつわるように踊る、藍染めの浴衣姿で目だけを光らせた彦三頭巾の踊り手には、亡者頭巾といわれるのも道理の、性別さえ定かでない匿名性の怖さがある。この藍の浴衣も、袖口に大きく赤をまわし、また赤いシゴキを腰に結んで、端縫いと協調性を保っている。この二種の衣装の共通性は、編み笠と彦三頭巾が共に顔を隠していることとも通底すると考えるべきであり、その匿名性は、イヴ・マリ・ベルセが『祭りと叛乱』で喝破したような、祭りの場という非日常の世界に、協同体が秘めた、叛乱への意志を、表出していると見るのは、うがちすぎだろうか。

〈2013年3月〉

世界遺産の火葬場——スコーグスシュルコゴーデン

万聖節前後の頃の北欧にしては暖かい日の夕暮れ、ストックホルム南郊の、世界遺産、森の墓地・火葬場である、スコーグスシュルコゴーデンに向かった。

ストックホルム中央駅から地下鉄で南に向かうこと約一四分、万聖節葉の本のお盆にあたるのだという案内の三瓶さんの説明に、冬にお盆？　と解せない思いを抱きながらも、スウェーデンにしては珍しく混んだ電車を目的地で降りると、乗客ほぼ全員が一緒に降りてしまった。

つまり乗客は殆ど、ここへのお墓参りに来ていたのだった。

出口の花屋には、リース風の飾りが沢山並べられて賑わっている。改札口を出て右に曲がると、菩提樹の並木沿いの右側は石の塀に囲まれた墓地である。

ここが二〇世紀以降の建築物では初めて、一九九四年に世界遺産に登録された森の墓地にして火葬場でもあるスコーグスシュルコゴーデンなのだ。

普段着とそう変わらないラフな格好をした人びとが、墓地の入り口へ向かう。遠近法をうまく利用して石垣を造り、遠く、しかし大きく見える十字架を目指してなだらかな坂を上がってゆく。右手になんとも心の琴線に触れるような美しい丘がある。

これは私には、前年に訪れた、アイルランドの人びとが聖地と仰ぐタラにとてもよく似ている気がした。『風と共に去りぬ』のスカーレット・オハラが生まれたのは、タラ農園であった。彼女の父はアイルランド人で、故郷の聖地にちなんで農園の名をタラと命名したのであった。実はこの森の墓地は、全て計算し尽くされた上で造形された墓地なのだ。この丘も、自然地形を利用した物ではなくて、設計者アスプルンドが巧みに人工的に造成した場所なのだそうで、そのデザインは、一九世紀ドイツの画家フリードリヒの描いた「ドレスデン郊外の丘と畑」という風景画から着想を得ているのだという。なるほどこれもタラの丘にそっくりである。北ヨーロッパの人々の、感性に強く訴えるものが何かあるのかもしれない。人々はなだらかな芝生を登ってこの丘に立ち、向かいの散骨の丘のどこかに撒かれて眠っている故人を追憶するのである。今日はこの二つの丘も、森の中の故人墓地も、お参りの人であふれ、人々の手向けるアルミ箔に入った小さなろうそくが無数に灯っているのだが、散骨の丘はいっそう沢山ろうそくが灯っていて、化野念仏寺を連想させた。

グンナール・アスプルンドが設計した大礼拝堂では、今日は音楽会が行われていた。私たちは木の長椅子に座り、荘厳な合唱を楽しんだ。礼拝堂の真ん中には、十字架でもマリア像でもなく、丁度棺の大きさの低い壇があり、ここで告別式が行われるのだと知れた。だが今日はこの壇上にも、沢山ロウソクが灯っている。

壇を中心に、ぐるりと取り囲む木のベンチの頭上にある、帆をあげた船を中央に据え、これを港で見送る人々の大フレスコ画は、「生・死・生」というタイトルで、スヴェン・エリクソン作。スウェーデンの人々の心の深奥にある心象風景を映したものであろうか。

約一時間、快い音楽を堪能し終えて振り向くと、礼拝堂背後の西向きの壁全面に、ガラスの入った格子戸が配されている。これは地下にスライドして、全面開口するよう設計されているという。礼拝堂全面のスペースまでも葬祭の会場にして、大規模な葬儀に備えるためであるが、葬儀の後、西を向いた出入口が全て開け放たれ、拡がった追憶の丘のパノラマの向こうに西日が射すのを見て、参会者は、死者が西日の向こうの天国へ確かに旅立ったと信じることになるという趣向も、アスプルンドの仕組んだ見事な演出の一つだった。

　この日はガラスのドアは地下に沈んでは行かなかったが、私も音楽会の後、礼拝堂を出て、西日の射す追憶の丘の向こうを眺めた。エデンの園も西方浄土も、すべて西の地、太陽の沈む方角にあるのだと確信させてくれる眺めだった。

　森の中の礼拝堂や、森の中の、緑の中敷き詰められた中に、ひっそりと鎮まる個性豊かな墓標の前に、ゆかりの者たちが集い、故人を偲んでいる様子を見ながら、追憶の丘に登り、また散骨の丘に登って、これは確かにスウェーデンのお盆なのだと思った。散骨の丘の道は、特にヒトが沢山居て、ロウソクの数も多い。次第に暮れてきた北欧の早い薄闇の中に、ひときわロウソクの揺らめきが明るく、花や手紙など、思い思いの品が供えられている。

　私はこの森の墓地の景観の美しさにすっかり魅了され、様々なことを考え始めた。この二五年をかけてアスプルンドが設計し造り上げた、一〇〇ヘクタールにも及ぶ広大な墓地と火葬場は、一九九六年に世界遺産に認定されたという。火葬場が世界遺産？　そういえば、火葬場は一体何処にあったんだろう？　あの美しいギリシャ神殿のような大礼拝堂にも、またそのならびの二つの礼拝堂にも、そして森の礼拝堂にも、火葬場の気配などかった。ただ、大礼拝堂の後ろの高い木々と並んで、煙突が三本見え隠れしていた。

　私は一生懸命考え始めた。ほとんど火葬場の気配が伺えないのはどういうことだろう？　それこそが、森の墓地が世界遺産に登録されたゆえんではないのか？　私はホテルに戻ると、それこそ一晩中ネットを検索し続けた。あの森の中の何処に、火葬場があったのだろうか？　音楽会が開かれていた場所は、いろんなサイトでは、火葬場と紹介されている。しかし何処にもそんな気配などなかった。いろいろネットサーフィンしているうちに、様々な事実がわかってきた。三つ並ぶ大小の礼拝堂の中心に据えられた棺台は、実はリフト台にもなっていて、葬儀が終わるとそのままスルスルと地下に降りてゆき、そこが火葬場になっているのだという。

墓地全体の管理棟と、火葬場が一体となったこの地下施設は、私たちは見ては居ないが、とても明るく近代的な設備になっているのだという。

また動線や待合室が工夫されていて、三つの礼拝堂それぞれに葬儀のために集う人々は、互いに顔を合わせることはないとか。

スコーグスシュルコゴーデン全体の面積は一〇〇ヘクタールに及び、森の中には、八万五〇〇〇基の個人墓があるが、散骨の丘ミンネルスルンドには、三万五〇〇〇人の遺骨が眠るという。ここで毎年二〇〇〇件の葬儀が営まれ、ここに葬られる人のうち、七割が、散骨を希望するのだとか。散骨には遺族は立ち会わず、その場所も明かされることなく、管理事務所の担当者が行う。

TBSの「世界遺産、スコーグスシュルコゴーデン」で、その散骨の模様が撮影されているが、深いバケツに入れた遺骨を、森の茂みの中に、職員が事務的に、無造作に振りまいている様子が映し出されていた。

この番組の監修を担当した大阪大学でスウェーデン史を研究する古谷大輔氏によれば、礼拝堂と火葬場が直結して遺体がどんどん焼かれていくあまりに合理的な光景はまるで工場のようで、煙突から棚引く煙を見ていると、なんとなくアウシュビッツの思想につながる印象もあるとか。スウェーデンの福祉国家における人間を管理する思想は、ナチス・ドイツと時代の背景を同じくしていようとのこと。

私はこれがスウェーデンを理解する鍵になっているのではないかと思う。

そもそもキリスト教で、火葬するということはどういうことなのか？　最後の審判の際に、復活するためには土葬が不可欠であったキリスト教世界に、一九世紀後半から火葬が普及し始めたとはいえ、その率はけっして高くない。カソリックが火葬を容認したのはようやく一九六五年のことだった。

スコーグスシュルコゴーデンは、一九一四年にコンペが行われた当初から、火葬を前提にした墓地として出発しており、ようやく一九四〇年に、葬祭場と一体化した近代的な火葬場が完成した。この墓地の計画が、ストックホルムの人口増に対応したものだったからだ。つまり非常に早くから、スウェーデンでは、キリスト教世界に馴染まない火葬の導入を決めていたようだ。

スウェーデンはバイキングの国である。マッチョで家父長制的な政治が支配していた国なのだ。この国が、真っ先に福祉国家となったのは、二〇世紀の二つの大戦に対して、一貫して中立を貫き、節約した戦費を、来るべき少子化社会を乗り切るために福祉に宛てたためだという。

スウェーデンはけっして昔から女性の地位が高かったわけではない。他のヨーロッパ諸国とおなじく、参政権は戦後まで無かったし、なにしろバイキングを祖先と仰ぐ民族だから、圧倒的な男性優位社会であったことは明白なのだ。だが今やスウェーデンは、女性の労働力率が八割近くあり、世界でもっとも高度な仕事と社会の両立する社会を実現し、完全に男女平等が貫かれているかに見える。

それを可能にしたのは、完全に政治の力だろうし、福祉に関する包括的な未来デザインだろう。国民全体を、そして個人を対象に、スウェーデンではすでに一九三〇年代に構想されていた福祉国家構想が、一九四六年以降、次々に実現に移されていった。この政策が「国民の家」構想とも呼ばれるのは、それはとりもなおさず、国家が家族を突き抜けて直接個人を把握しているからであろう。バイキング末裔の、家父長制国家ならではのことではないだろうか。

一例を挙げれば、カロリンスカ研究所に、公衆衛生を学ぶために留学している医師の話によれば、スウェーデンは、公衆衛生を学ぶ者にとっては、最高の研究環境が保障されているという。

個人情報はすべて公的権力によって一括管理され、研究所の教授が研究上の必要性からと主張して要求すれば、個人の病歴や生活習慣まで、すべて瞬時に入手できるからである。日本で同じ研究をしようとすれば、インフォーマントを集め、データを得る承諾を得るまで三年以上費やさねばならず、さらにその上治験を行うとすると、論文の作成まで気の遠くなるような時間を要する実情に引き比べると、研究者天国なのだという。国家が個人を把握してこそである。そしてこのことは、「国民の家構想」と表裏一体の事態であろう。

同じようにスコーグスシュルコゴーデン建設思想が、スウェーデン人の死生観をも変えたのではないかと思う。

ストックホルム市当局は当初から、火葬とそして散骨を構想して、デザインコンペを行ったのだという。キリスト教徒であって、最後の審判を前提にするからこそ、火葬を許容させるには、人々の感性に、ここを奥津城と定めたいと訴えかける、最高の環境デザインが必要なのだと認識していたからこそ、グンナール・アスプルンドのプランを選んだのではなかったたか。

食器や文房具や家具や車や家のみならず、何もかもデザイン力に優れたスウェーデンでは、公権力から人生の最後までの各場面を、見事にデザインしてしまい、鋳型にはめて、結果、スウェーデン人の思考を変え、人生そのものまで画期的に変わってしまったのではないか……そんな印象である。

あの美しい風景は、地下に似ても似つかぬ近代合理性の極みのような火葬場があってこそ、成立するのだとしたら、そしてそれはナチスにも通底する国家による管理主義に起因しているのだとしたら、バイキングの末裔の、マッチョなお国だからこそできたことなのかも知れない。

〈2013年10月〉

第Ⅳ章

時と装いの天虹

中国の民族衣装を紀行する

一九八八年秋、広西《こうせい》チワン族自治区南丹《なんたん》県に、白褲《パイクー》ヤオ族の、銅鼓を叩く習俗を初めとする民族調査を行った。以下は照葉樹林帯に住む人々の民族衣装の役割とその行方を考察したものである。

一、中国と周辺の民族

衣服をめぐって

中国の少数民族地帯を訪れる人は誰でも、かの地の人々が民族紹介のグラフ写真そのままの民族衣装を着て、日々の営みのなかにいることに驚かされる。きらびやかな刺繍で彩られた民族衣装は、豪華美術書の装丁で次々と発行される中国側の書物で、日本にもその凡そが知られている。ただそれがハレの日の衣装にちがいないと思いこんでしまうのは、日本人の現代の和服に対する感覚を、知らず知らずのうちにあてはめてしまうからであろう。ところが現実に彼らの生活をかいま見てみると、刺繍に彩られた衣服は、泥まみれの足に何の不自然さもなく続いている。部落の奥からヒョイと顔をのぞかせる老婆も、学校がえりなのか、道々本を読みながら歩いてくる少女も、みな一様に民族衣装をまとっているのである。民族衣装はあまり機能性に富んでいるとは思えない。水汲み、畑仕事等々、多くを女たちの腕にたよっている彼らの世界で、女たちは民族衣装の仕事への不適正をものともせず、たくみに衣服の裾をひるがえしながら労働にいそしんでいる。なにゆえ彼らは民族衣装にこだわりつづけるのか。このことは、中国の長い歴史のなかで少数民族の位置づけとかかわりがあるのではないだろうか。

中国に成立した歴代の王朝は、古くから周辺民族の衣服に、多大な関心をいだいてきた。『後漢書』東夷列伝があげる東方の周辺諸民族「九夷」のうち、黄夷、白夷、赤夷、玄夷といった人々の名や、『春秋』や『左伝』などに登場する赤狄や白狄など、色名を冠した民族の名称は、いずれも民族が着用する衣服の色にちなんだものである。このように民族を衣服によって識別する方法は、今日も引き継がれている。たとえば現在政策上ミャオと一括される人々も、黒ミャオ、白ミャオ、青ミャオ、花ミャオ、長裙ミャオ、短裙ミャオ、あるいは金繡ミャオといったように、その民族衣装の特徴にちなむ名前で細分化されている。

「梁元帝職貢図」（原画は六世紀のものとされる）以来、中国では朝貢に訪れた周辺諸民族を描いた職貢図巻が数多く残されているが、そのいずれもが、個々の民族の衣服について丹念な描写を厭わず、民族の特色を視覚的次元で鮮やかに描き出している。

また中国正史の蛮夷伝は、周辺諸民族の衣服の記述を怠ることがない。このことは、たとえばヨーロッパ古典古代期の、ヘロドトスによる『歴史』や、シーザーの『ガリア戦記』などの民族誌の記載と比較するとき、著しい特徴と言うことができるであろう。

無文字社会の段階にあったにもかかわらず、三世紀の邪馬台国で、「貫頭衣」や「横幅衣」が着用されていたことが知られるのは、「魏志」倭人伝が倭人の衣服の叙述を怠らなかったからであるし、聖徳太子の制定した「冠位十二階」に付随する衣服の制度が復元しうるのも、日本側の記録によるのでなく、『隋書』倭国伝に、詳細な記述が残されているからであった。これらの事象はいずれも、中国王朝の側が衣服を民族の標識として大きく評価していることを示していると考えられるが、それは中国におけるどのような民族、あるいは衣服に対する考え方に由来するのだろうか。

中国の王朝は、周辺諸民族との現実的力関係を、政治的な機構に具体化する方式として、冊封体制を持っていた。この方式の根底には、中国人、すなわち中華と、周辺諸民族すなわち夷狄とを差別する論理である中華思想と、一旦差別的に位置づけた夷狄を、中国皇帝の徳によって再結合させる、同化の論理である王化思想が結びついていた。またこの相反する二つの論理、中華思想と王化思想は、ともに礼に律せられていた。このことは、中華と夷狄が礼を体得しているか否かによって区別されたことを意味している。

そして東アジア世界の国際関係が、近代以前のすべての時代を通じて、中国の圧倒的なイニシアティブのもとに展開したことは、誰もが認めるところである。そのゆえに、周辺諸民族も多かれ少なかれ、中国の儒教的礼教思想に律せられこのような体制の、影響を受けざるをえなかったことが、民族と衣服の関係を、大きく規定したのではなかったろうか。

なぜなら礼というのは、つきつめて言えば、人間どうしの関係を眼に見える形にあらわすことである。一番身近な例は、お辞儀であろうか。これは文字通り礼であって、どういう礼を交わすかによって、相互の人間関係が眼に見える形にあらわされるわけである。

いまひとつ、衣服や冠などによって、それを着ている人々が、社会のどのような位置にあるかをあらわすのも、礼の重要な役割のひとつである。ゆえに中国では、皇帝から庶民に至るまで、どういう身分の者が、どういう場合にどういう衣服を着るかが、細かく規定されていた。またそれらの衣服は、中国で伝統的に培われてきた価値基準、具体的にいうと儒教の考え方に合致したものでなくてはならなかった。中国はまた、そうした儒教的礼教にのっとった衣服を着ているか否かで、中国人とそうでないもの、すなわち夷狄とを区別した。

礼はまた、弁別の論理でもある。荀子が「礼」を分・別・称・弁の語で置き換えて表現しているのは、礼の本質がこれらの語にあることを示していよう。中華と夷狄が区別されなくてはならなかった必然性も、むしろこの点に由来したといえようか。

またこのような考え方にそって、中国人とは異なる夷狄の衣服に対する、間断なき観察眼が、周辺世界にそそがれた。中国に国境を越えて異民族がやってきた場合、周縁の地の人は、彼らの衣服を着た姿を絵に描いて、中央へ送るきまりになっていた。ここでこれらの人物画像が、衣服に力点をおいて描くように規定されていることを特記しておきたい。絵はなによりもあざやかに彼らの衣服の特徴を語ってくれる。中央政府はこれによって周辺諸民族の特徴を把握したのである。先に述べたように、歴代の職貢図が数多く残されているのも、こうした中央政府の要請と無関係ではあるまい。

中国は歴史上の殆ど全時代を通じて、東アジア世界において政治的、経済的、軍事的そして文化的に、絶大な影響力を持ち続けた。したがって周辺諸民族は、好むと好まざるとにかかわらず、中国の思想や政策に制約をうけざるをえなかった。衣服に関してもこのような中国における衣服の意味づけを背景に、周辺諸民族の側の対応が特色あるものとなったと考えられる。衣服が民族識別の標識として最も有効なものであるとの中国側の認識にもとづいて、彼らが中国に対して民族の自立性を主張するためには、他の民族に比して特色ある、オリジナリティを持った民族衣装をまとうことこそ急務であると考えたのである。

いうまでもなく日本も、中国の周辺諸民族のひとつである。中国との国際関係の発生は、直ちにどのような衣服を着て中国に対峙するかを問題にした。古代日本における例を二、三あげておこう。

六〇七年に冠位十二階が日本独自の衣服や冠の制度として制定されたのは、遣隋使の派遣に伴って、中国の朝堂に登場するための必要性からであった。

ここでは隣接する朝鮮半島諸民族の衣服制との対比、それらとの差異性を際立たせることに主眼がおかれた。

七〇一年に定められた大宝令の衣服の制度も、日本独自の衣服を「礼服」として制定したものと考えられるが、これもしばらく途絶していた遣唐使が再開されるに際して、新たな装いで、中国を中心とした東アジア世界の国際舞台に登場しようとという意図から編み出されたものであった。

中国王朝の伝統的な周辺諸民族に対する認識が、今日の中華人民共和国政府にも受け継がれていることとあいまって、ついに国家を形成しなかった中国西南部の少数民族にとっても、時代をこえ、海をこえて事情は同様となった。民族が入り混じって棲み、村落ごとに、はなはだしきは軒を接する家々が互いに民族を異にする場合さえある彼らの世界では、衣服という、誰の眼にもきわめて解読の容易な記号が、各々の民族の標識として欠かせないものとなったのである。

一九八八年秋、広西チワン族自治区に、白褲ヤオ族の民族調査を行う機会を得た。彼らの世界においてただけ、民族衣装は、漢族や他の近隣諸民族との長い抗争の歴史の中で、それが激しいものであればあっただけ、民族標識、民族結集の核として守り続けなければならない、ぬきさしならない重要な意味を担っていることに、少なからず驚かされた。恐らく民族衣装というのは、程度の差はあれ、本来彼らのそれと同じ、さしせまった存在理由を、持っていたに違いない。

そこで次に、その調査報告を兼ねて、彼ら白褲ヤオ族の社会にとっての民族衣装の意義、位置づけを見ていきたい。

二、刺繍の赤に血を記憶する人々

白褲ヤオ族の世界

広西チワン族自治区の首都南寧から北へ三三〇キロ、朝八時に出発してバスにゆられること一〇時間、桂林の風景で日本人の眼にも親しい、カルスト地形の山々を果てしなく眺めながら、貴州省との県境にもう四〇キロばかりの、南丹県の県都南丹鎮に着いたのは、もう夕方のことであった。食事を済ませて町に散策に出ると、折しも広西と貴州の一〇県対抗ゲートボール大会の真っ最中で、南丹県人民政府の横のグランドでは、あかりをこうこうと照らして、ナイターゲームをやっていた。南丹県は数ヵ所の水力発電所を持ち、首都南寧が一日何時間かの送電停止を行って電力消費の軽減に苦慮していることに比べると、南丹の招待所の電灯は、部屋も食堂も、僻遠の地にいることを忘れさせてくれるほど明るいのがうれしい。

ゲートボール見物の人込みの中に、これから私たちが訪ねようとしている白褲ヤオ族を見つけたと思ったのは、無理からぬことだった。なぜならその女性は、白褲ヤオ族独特の民族衣装だと私たちが思い込んでいた、いわゆる「貫頭衣」のようなチョッキを身につけていたからである。私によって今回の調査旅行の目的の一つに、彼らの「貫頭衣」型の衣服から、「魏志」倭人伝に出てくる「貫頭衣」の、より具体的な姿を掴む手がかりを得たいということであった。「白褲ヤオ族の方ですか?」との私たちの問いかけに、意外にもミャオ族であるという返事が返ってきた。そういえば頭の上にのせた大きなまげは、ミャオ族独特のものだが衣服は藍の蝋けつぞめのプリーツスカートを含めて、白褲ヤオ族のそれにそっくりだのである。しかし当の婦人に聞いてみると、スカートだけはミャオ族のほうが長いとのことであった。また後でよく照らし合わせて見ると、ミャオ族のチョッキは前身頃にも蝋けつ染めの模様が配してあり、また後ろ身頃の模様が、ミャオ族のそれは比較的大柄なタッチの蝋けつ染めで描かれるのに対して、白褲ヤオ族は、細かい描線の蝋けつ染めの上を刺繡で彩るところに違いがあるようだ。

ともあれこの衣服の類似性は、白褲ヤオ族が、果たして彼らが主張しているように本当にヤオ族なのかという疑問に、ひとつのヒントを与えてくれた。つまり彼らはヤオ族よりミャオ族に、共通する要素を多く持つのではないかということである。言葉もミャオ語に通じるところが少なくない。

白褲ヤオ族は現在の調べでは中国全土に二万三〇〇〇人。貴州省茘波県（南丹県の北に接する）の二〇〇〇人弱の他はすべて広西チワン族自治区に住み、うち南丹県に二万人が居住する。さらにそのうち一万人が、私たちが訪ねた里湖郷に住んでいるのだ。この一帯は桂林とそっくりの石灰岩質の切りたった山が、たたみかさなるように幾重にも続く。灌漑用水が極端に少ないことが、彼らの農業を限定せざるをえない。海抜一〇〇〇メートルをこえる山間いの地に追い上げられたように、急な斜面に焼き畑を作ってアワを植え、トウモロコシやサツマイモを主食に、ひっそりと息づいている。南丹の明るい電灯の光は、彼らのもとには届かない。古い瓶を提げて、ランプの灯油を買う為に行列する人々が、里湖の市場で見られた。白褲ヤオ族というのは、中国の民族政策上の識別の名称であって、もとより彼らの自称ではない。この名は、男性が着用している白いズボン（白褲）に由来する。

南丹県南部の八墟郷に居住する人々の伝承によれば、昔、彼らの服装は漢族やチワン族と同じだったという。しかし漢族の蔑視と圧迫を浴びるようになり、街に出かけるたびに迫害され続けた。やがて彼らは立ち上がって反抗したが、闘争のさなかに、敵と味方の区別がつかず、味方を打ち殺してしまうことが多かった。そこで漢族と自分たちを区別するため、頭に白い一条の布を巻いたという。しかし漢族もこれを真似て鉢巻きをしたため、市の立つ日ごとに殴り合い、味方を殴り殺すことも依然として絶えなかった。それで作戦を変えることを迫られ、今度は白いズボンをはいて味方の印にした。以来子孫も代々これを受け継ぎ、ゆえに「白褲ヤオ」の名があるという。古老たちは、「もしこの服装を改めたら我々は滅亡するだろう」といましめ、衣服を民族結集の核とした。このほか、民族衣装の刺繍の紋様の由来にも、民族抗争を主題とするものが多い。先ず男性の白いズボンは、膝のところに五本の、赤またはオレンジ色で刺繍した一・五センチ幅の線がある。これは彼らの王が流した血を表したもので、ここにも民族の抗争にまつわる、以下のような物語が伝えられている。

南丹の街を見下ろす蓮花山という小高い丘があるが、昔南丹の白褲ヤオ族の王は、この地に棲んでいた。彼には娘があり、チワン族の莫将軍の息子と結婚して、男児をもうけた。王は孫を大変かわいがった。王は「金丹宝」という宝物を持っていた。これを持っていれば他民族から侵略されないのだという。莫将軍は、密かにこの宝物をねらっていた。そこでずるがしこい彼は、孫を殴っては泣き声を王に聞かせ、孫は王の宝物をほしがって泣くのだと説明した。王は将軍の陰謀を見抜けず、宝物を孫に持たせてやる。そこで莫将軍は、これを返す時、コッソリ偽の宝物とすりかえてしまった。宝物の霊力を失ったヤオ族は、戦いに負けてしまう。彼らはその時白いズボンをはいていたが、王は莫将軍配下の人々に殴られ、血を流した。いまわのきわに、血だらけの手で膝をついたので、血に染まった五つの指の跡が、ズボンに残った。その王の血痕を記念して、五本の線が刺繍されるようになったのだという。王はまた、こうした不幸を招いたのは、異民族との通婚のせいだとして、婚姻を白褲ヤオ族の内部に限るべしととの遺言を残した。以後彼らは同じ民族同士の婚姻を、厳格に守ってきたという。いまこのタブーは存在しないというが、南丹の師範学校に通う白褲ヤオ族の一九歳の青年は、幾人かつきあっているガールフレンドもすべて白褲ヤオ族だとかで、結婚相手は同じ民族以外に考えられないと言っていた。

女性のスカートの赤い色も、王の血を記念するものだという。またいわゆる貫頭衣型の衣服の後ろ身頃に施された刺繍も、王の妻が、血に染まって倒れた王を記念して考案したもので、同じ伝承に由来する物語を持っている。

他民族との抗争と敗北の歴史を、このように民族衣装の上に血の色で染め上げて記憶する人々の例が他にあるだろうか？　華やかな刺繍が血の色を象徴し、異民族との通婚を厳しく禁じる法の象徴にもなっているという衣服の在りようの中に、彼らのたどってきた道の困難さ、異民族による圧迫と抗争の激しさが鮮やかに浮かび上がってくる。貴州を原郷とする一部の白褲ヤオ族は、長い流浪の旅の発端を、漢族によって衣服を強制的に変えられようとしたことに求める。彼らはそれを拒否することと引き換えに、その地を去らねばならなかった。彼らの世界で衣服は、それなくしては、民族の存立そのものを危うくするような、のっぴきならない存在理由を持っていたのである。北京に遊学したひとりの白褲ヤオ族が、村に戻っても民族衣装を着なかったために、村人は彼を同じ民族と認めなかったという話がある。民族間の抗争が、厳しいものであればあっただけ、白褲を着ているがゆえに白褲ヤオたりうるというような、民族のあかしとしての衣服の意義も、強調されたのであった。また、かかる状態であればこそ、民族結集の核として衣服を守り通すための、民族内部のタブーも厳しく存在したのであった。白褲ヤオ族の髪型には厳然とした年齢階梯制があって、幼年期は男女とも坊主頭にする。坊主頭で、白褲ヤオ族特有のプリーツスカートをはいている子供たちを見ると、一瞬男女の別が判定不能になった気がする。少年期には男女ともオカッパである。そして結婚年齢に達すると、男女とも決して髪を切らない。男たちは長い髪を束ねた上を鉢巻き様の布でターバンのように幾重にも巻き込んでいく。女たちも長い髪でまげを結い、藍の長方形の布をあねさんかぶりにして、その上を白い紐で結ぶ。村を離れて南丹の師範学校で勉強する二〇歳の女性が、未婚にもかかわらず長い黒髪でいるのをいぶかしく思って訊ねてみたら、南丹にいる間だけ伸ばしているとのこと。おそらく彼女は、県都暮らしのうちに周囲の漢族の少女たちのような長い髪にあこがれて、密かに髪を伸ばしているらしい。しかし白褲ヤオ族社会の内部にあっては、このような逸脱は、当然許されることではない。したがって彼女も教師になって村に帰れば、髪は切らなければならないとのことであった。

三、生活様式と民族衣装

このように民族衣装ないしそれに付随する民族固有の服飾を守り続けていくには、他の衣服、服飾を排除する強烈な意志がなければならないが、白褲ヤオ族の場合、古老たちが、衣服を変えることが民族の滅亡につながると警鐘を発し続け、衣服を民族の存在のあかしとした事実が、彼らに衣服を守り続けさせる原動力となったのだろう。いまひとつには、彼らの衣服が、その生活様式にこの上なく適したものであったことも、民族衣装の根強い残存につながっていると思われる。男性のはく白褲は、正倉院に伝世する八世紀段階の日本で着用された閉跨式の袴と裁ち方も縫い方もソックリである。しかし股の部分の三角形のマチが、正倉院のそれより大きく、膝下の裾までめいっぱい付いていて、足の動きが自由にできるように工夫されている。これは平地を追われて山間部にひっそりと棲み、焼き畑など、山での作業の多い彼らの生活に、きわめて好都合な衣服なのである。人民服を着た男も、ズボンだけは白褲だったのは、それが民族の標識としての誇りたかき衣服であることと同時に、その機能面での生活への適合性あればこそだろう。男女ともに着る衿なしの上着もまた、生活の知恵の所産である。それは前身頃が共布の総裏で毛抜きあわせに仕立てられ、胸もとの衿ぐりの左右に一〇センチばかりの開口部があって、ここから物が入れられるようになっている。つまり前身頃全体が、ポケットになっているのである。山の傾斜面で不安定な作業には、両手を空けておくことが不可欠で、工夫のあとがしのばれる。

彼らの衣服は、綿花の栽培から始めて、その全行程が、彼ら自身の手によって作られる。農閑期の女たちは、それこそオカッパ頭の少女にいたるまで、衣服制作に余念がない。各戸にはたいていい織機が備わっている。土布と呼ばれる彼女たちが織り上げた布は、ジーンズに似たふうあいがあり、丈夫なことこのうえない。

私たちが訪れた村のそこここに、紡いだ糸や、藍で染めた布が干してあった。染めだけは、業者の手に託すことも行われているようで、里湖の市場では、染めもの屋が大繁盛だった。粉末の藍を煮立てた大鍋のなかに、きなりの木綿が次々にほうりこまれていく。黒に近いまでに染まった布は木に干され、布の端に付けられたアルミ札の番号をたよりに、自分の託した布の染め上がりに見入るまなざしは、誰も真剣そのものだった。軒先のひだまりの中で、市の雑踏の片隅で、針を動かす女たちがいつも眼に飛び込んでくる。女たちのプリーツスカートの腰には、必ず針を入れた筒が下がっている。厚手の木綿に、ミシンで縫ったような細かく丁寧な針目を残して、衣服は仕立てられていく。細かい蝋けつ染めの線描の上に、彼らのいにしえの王が流した血の色を、ひとはりひとはり刺していく時、彼女たちは一体何を思うのだろうか。

中国の少数民族の衣服は、中央政府の民族政策のゆえか、安っぽいチロリアンテープ様のものがどこの民族商店にも売られていて、異なった民族が同じテープを個々の衣服に縫いつけていたりするのだが、彼らは今のところそんな手抜きはしていない。また少数民族の衣服は、個々に他の民族との違い、彼らの独自性を強調しようとするあまり、とうてい日常生活に適しているとは思えない、過剰にデコラティヴなものに発達しがちである。しかし彼らの衣服はそうした不必要な装飾性を排除しているところに好感が持てる。衣服に対する民族の思い入れが、丁寧な仕立てを強いるのかも知れない。

女たちが着ている「貫頭衣」は、脇がウエストまで開いていて、チョッキというよりゼッケンのようなものである。男物のハンカチ大の布二枚を前後の身頃とし、両脇に一〇センチ幅の布一メートルばかりを輪にしたものを配し、それぞれの身頃とはぎ合わせる。したがって両脇の輪の部分は、袖の変形とも考えられ、これを「貫頭衣」と呼ぶのはためらわれる気もする。しかし着用法からいえば頭からかぶって着るので「頭を貫いて衣る」、まさに「貫頭衣」であるといえよう。あまり機能的とは思われず、脇から豊かな胸が覗けるところが儒教的倫理観に裏打ちされた漢民族の侮蔑の的になるらしいが、このドキッとする衣服は、授乳の時にその機能性を発揮する。膝に子供をのせながら私たちと談笑していた村長夫人が、子供にヒョイと乳首をふくませてむずかる子供を黙らせるのに、全く手間はかからなかった。「魏志」倭人伝には邪馬台国の「貫頭衣」が「ほぼ縫うことなし」、つまりほとんど縫製していない衣服であったと記しているが、このように脇を縫い止めていない衣服だったかもしれないと想像してみる。水田農耕を行う民族にとって、衣服はなによりもまず背中を太陽の光線から守るために必要だったという説がある。田植え、除草、稲刈り……、稲作のどの工程の作業も、長い時間、田にはいつくばって行わなければならず、背中はそのままではギラギラとした太陽に焦がしつくされてしまう。そこで背中を保護するために「貫頭衣」の着用が始まったというのだ。だとすれば、邪馬台国の「貫頭衣」は背中を日光から守ることを第一義としたのであって、脇を縫う必要は、必ずしもなかったといえよう。

ついでながら女たちの着ている膝丈のプリーツスカート姿も、その下に下着を付けないことから、好奇の的にされるようだ。しゃがんで座っている女性に下からカメラを向けてはいけないと注意を受けたが、彼女たちはけっして男性たちが期待するようなヘマはしない。スカートの前に下がった二〇センチ弱の前掛けは、エプロンにしては幅が狭すぎ、その用途が何なのかいぶかられたが、彼女たちの軽々とした動作で疑問は氷解した。座るとき、まず前掛けを膝の間からヒョイと後ろへまわし、その上に腰を降ろすようにするのだ。その所作は実にすばやく自然で、それこそ坊主頭の幼ない少女までが、手なれた動作で前掛けを操作して、とっても上手に座る。彼女たちにはその衣服に応じた、彼女たちなりのたしなみ、座り方の作法がキチンとあるのだ。カメラポジションの注意など、余計なおせっかいであることこの上ない。

四、民族衣装の行方

ところで村のなかでは「貫頭衣」にプリーツスカートで仲間とくったくなげに笑いころげている女たちだが、この装いが好奇の眼にさらされたとき、どのように対応するのだろうか？　数年前、南寧の民族学院でヤオ族全体の祭典が行われたとき、白褲ヤオ族もこれに参加し、銅鼓を叩く習俗を披露したことがあった。その際の写真を見ると、女たちの「貫頭衣」の両脇は縫い閉じられている。おそらく漢民族を初めとする他の民族の視線への配慮からであろう。先述した南寧の師範学校に通う少女も、「貫頭衣」の上にしっかり上着を着込んでいた。北京に遊学した青年が、村に戻っても白褲を着ようとしなかったというのも、何らかの異文化体験が、彼の民族衣装に対する評価を転倒させた結果だと考えられる。このように、彼らが他の民族と接する交点で、彼ら自身の衣服に対する価値観がゆらぐこととなる。民族衣装は必ず、多数派の趨勢に左右されて変化を遂げていく。少数派であることが常に人々を不安にするのだ。民族衣装がどういう経緯で変化し、やがて失われてゆくかという、長いタイムスパンで観察を要する命題についての、これは大きなヒントを与えてくれそうだ。男たちが着る長袖の衿なしの上着には、ちょうど和服の紋付きの、家紋のような紋様がある。家や姓によって違いがあるわけではなく、一律に花弁をアレンジした四角い紋様なのだが、少年たちの衣服を見ていてハッとしたのは、坊主頭の彼らの衣服の胸には、花弁でなく「中国」の文字が刺繍されているのである。それもひとりやふたりではない。おそらくこれは、少年たちが漢字を知っていること、すなわち小学校教育を受けていることを、誇らかにアピールしているものらしい。とすればこれも、異文化との接触によって変化を受けた民族衣装の範疇に属するものだといえよう。

考えてみれば広大な中国のどこへ行っても、人民服を着た人々がいる。五五を数える少数民族が、それぞれにその民族固有の衣服を捨てて、人民服に着換えていくということ自体、驚くべきことのような気がする。外国人の眼からすれば、辺境地域にも人民服が見られることで、かえって中国の支配領域の広大さが実感されるのだが、それはとりもなおさず民族衣装の衰退の徴証でもある。なにが彼らを人民服にかりたてるのか。人民服は孫文が日本の学生服にヒントを得て考案したといわれる。洋服の上着、ワイシャツ、カラーを兼ね備えるものとして生みだされたという、人民服の機能性もさることながら、おそらく人民服を着る者の政治的優位などの要件がまず存したにちがいない。周縁部では当初その着用者はおそらく中央から派遣された漢族に限定されていただろうから、人民服に対する評価も、階層的に上部の人々のものとして自ずと定まっていったものと思われる。そして彼らの社会が貨幣経済の波にあらわれるようになると、人民服も彼らの手に届くものとなり、かくて人民服は、中国の他民族統合の象徴であるかのごとき衣服として定着するにいたったのだろう。

人民服は、それを着用する新しい範疇での「中国人」と、依然として民族衣装をまとい続ける少数民族とを区別する、新たな指標として機能しているのである。ここで「中国人」とそれ以外の人々は、かつて両者が礼の体得の有無で区別されたように、今度は中華人民共和国政府が依拠する共産主義を価値の基準とするか否かで線引きされているといえようか。白褌ヤオ族の世界に、人民服が普遍化するのも時間の問題かもしれない。人民服ばかりではない。南丹の市場で、長い時間かけて一着の黒いカーディガンを買っていった白褌ヤオの老夫婦があった。男たちも民族衣装の上着の下に、Tシャツやトレーニングシャツを着込むのが普通になっている。古タイヤで作ったサンダルは、その耐久性のよさで老人層に人気があるらしいし、若い世代は靴下にズックがポピュラーなスタイルである。民族衣装をすべて脱ぎ捨てないまでも、小さな変化は、この鋭いカルストの山々に切り取られた、小さな空を見上げる人々の世界でも、確実に始まっている。白褌ヤオ族が白褌をはいているがゆえに白褌ヤオであるという図式はいったい何時まで続くことができるだろうか。

〈1989年5月〉

古代日本人の衣服と世界観

弥生の国際的衣服

日本人は本当に洋服がよくにあうようになった。こんなことを言うと、どんな年寄りかと思われそうだが、若い人たちの街を行く姿を見ていると、つくづくそう思う。

考えてみれば人々が洋服を着るようになって、もう一〇〇年以上たった。私たちは生まれたときから洋服で育ってきたのだ。だから若い女の子が、ゆかたを洋服とおなじに左前に合わせてすましているなんてことも、頻繁に起こるようになる。和服は着付教室に通うか、美容院にでも行かなければうまく着られなくなってしまったかわり、洋服はたいてい自己流で着こなせる。一〇〇年で私たちは、洋服を完全に自分たちのものにしたのだ。

ところで、日本人が異文化としての外国の衣服をとりいれたのは、明治時代だけではない。古代にも二回、そうしたことがあった。

その第一回は、弥生時代のころ。「魏志」倭人伝には、邪馬台国の人々が、男は横幅衣《おうふくい》、女は貫頭衣《かんとうい》を着ていたとある。貫頭衣は普通、シーツみたいな幅広布の真ん中をくりぬいて頭を出す、ポンチョのような衣服とされてきた。でも、弥生時代の織り機では三〇センチ以上の幅の布は織れない。ポンチョを作るのは無理なのだ。私は、肩から膝までの丈の二倍の長さの布を二枚並べて綴りあわせたと推定している。和服の袖を取って、膝までの丈にしたものと思っていただければいい。

中国の史料には、周辺諸民族が着ていた、いろいろな形の貫頭衣、横幅衣が出てくるが、その中に、横幅衣であって貫頭衣でもあるという衣服がある。それは横に二枚布を並べて作り、真ん中から頭を出すもので、別名を「通裙《つうくん》」というとある。つまり、ワンピース式スカートだというのである。とすれば、「倭人伝」にいう貫頭衣と横幅衣も、実は同じ形の衣服で、作り方から言うと横幅衣、着方からいえば貫頭衣、男女ともこれを着ていたと考えられる。

では、この時期になぜ、人々は貫頭衣を着るようになったのだろうか。弥生時代には稲作が伝来した。織り機が使われ始めるのも、このころからである。織り機は、経糸をいっせいに上下させ、そのあいだに横糸を差し入れて織り進んでいく。それまでは布は、織るのでなく、編んだ。おもりを結んだ何本もの経糸を一本一本交差させ、あいだに横糸をはさんでいく。気の遠くなるような根気のいる作業だった。経糸の本数は決定的に違うが、タワラを編むのと同じ要領である。

編みから織りへの転換は、作業のスピードアップという点で、動力織機の発明で始まった産業革命にも匹敵する、まさに弥生時代の革命だったといえよう。織り機の使用が、布の生産を飛躍的に高め、肩から膝まで身体をおおう貫頭衣の着用を可能にしたのだ。

貫頭衣の着用は稲作の開始と関係があるという。暑い盛にたんぼに足を浸し、背中を太陽にさらし続けながらの農作業には、貫頭衣の着用が欠かせなかった。太陽に焦がしつくされないように、背中の皮膚を日光から守る衣服が必要だったという。膝丈の長さも、水田の中の作業にピッタリである。埴輪像がはいているような、だぶだぶズボンでたんぼにはいれば、毛細管現象でたちまち全身びっしょりになってしまうだろう。

一九八八年、中国の広西チワン族自治区に、白褲《パイクー》ヤオ族の人々の民族衣装の調査に行った。そのとき初めて、貫頭衣は背中の保護が目的だったにちがいないと確信した。白褲ヤオの女性は、男物ハンカチくらいの二枚の黒布を、前後の身ごろに仕立てた上着を着ていた。両脇の幅一〇センチ、長さ一メートルあまりの布の輪で、前後の身ごろをつなぎあわせた、まるでゼッケンのような衣服である。これを素肌に頭からかぶる。まさに「貫頭衣」なのである。

だから、大きく開いた両脇から豊かな胸がのぞいて、ドキッとさせられる。授乳にはとっても便利だけれど、あまり機能的には見えず、首をかしげたくなるような民族服なのだ。背中にあざやかな赤い刺しゅうがあるのは、背後に忍びよる悪霊から身を守る呪術的な意味もあるという。彼らは焼き畑での民で、水田耕作を主にしているわけではないが、背中の保護が衣服の目的であることに変わりはない。

そして、弥生時代の貫頭衣も、こんなふうに両脇が大きく開いていた可能性がある。「倭人伝」には、邪馬台国の貫頭衣は、ほとんど縫ってないと書いてあるから。さらに私は、縫ったのは背中だけで、前は合わせて腰ひもでとめただけだと想像してみる。夏の暑い日差しから守るためなら、両脇なんて縫い合わせてなくたっていい。倭人の貫頭衣は、きっとチャンチャンコみたいな衣服だったにちがいない。

貫頭衣は邪馬台国だけでなく、東南アジアから中国南部にかけての、稲作民に広く着用されていた。古代民衆の国際的仕事着として、やがて列島全域に広がっていったのである。

実用とブランド品

衣服が長く人々に愛用されるかどうかは、ファッション性よりも着やすさ、仕事に適しているか否かが決め手になる。庶民の衣服ならなおさらである。貫頭衣は水田での農作業の仕事着だったから、弥生時代に大陸から伝えられると、その後も長く長く、稲作の続くかぎり日本人の衣服の基本パターンになった。

埴輪像のだぶだぶズボンは、水田に足を浸して農作業にいそしむ庶民の生活には全然適していない。あれは、どう見たって馬に乗るときのためのもので、北方騎馬民族の衣服なのだ。モンゴルの子供たちが競馬に興じる様を見ていると、うすいフェルトを敷いただけの裸馬にまたがり、たづなさばきも巧みに、草原を全速力で駆け抜けていく。内またにこめる力を馬の腹に伝えて、右に左に思いのまま、馬を操るのだ。

「脾肉《ひにく》の嘆」という言葉は、平和が続いて功名を立てる機会のない騎馬武者の嘆きである。脾肉はもものの肉のこと。戦争がないので仕事はあがったり。馬に乗ることもなく、すっかり内またに贅肉が着いてしまったと嘆くのだ。それほど乗馬は、内またの筋肉を酷使する。こんなふうだからズボンをはかずに馬に乗れば、内またがこすれてたまったものではない。ズボンは騎馬民族の生活必需品なのだ。彼らの先祖が発明したズボンが、全世界に広まったと考えられる。

日本にも中国や朝鮮半島を経て、乗馬の風習とともにズボンが伝えられた。貫頭衣に続く、二回目の衣服の導入である。しかし、乗馬はついに庶民のものにはならなかった。では、いったい誰がズボンをはいていたのだろうか。

古墳から発見される埴輪像のだぶだぶズボンは、実は、その時代のすべての男性の衣服だったわけではなく、古墳に埋葬されるような権力者と、その取り巻きの人々の衣服であったにすぎない。なぜなら、同じ埴輪像の中に、ズボン姿のりりしい男子全身像に圧倒されて影が薄くなってはいるが、鍬《くわ》などの農具をかついだ、いわゆる農夫像の存在がある。彼らはズボンをはいていない。つまり、しょみんはいぜんとして貫頭衣のまま、たんぼにかがみこんで農作業に精を出していたのだ。

このように権力者と庶民の衣服に違いがあると、衣服そのものが権力者の権威をいっそう高める働きをする。それが海の向こうから伝えられた、庶民の手に届かない高級品であれば、なおさらのことである。

「魏志」韓伝には、三世紀の朝鮮半島南部で、村落の首長クラスやその取り巻き連中が、競って中国の衣服を着たがり、朝鮮半島に設けられた中国の出先機関に朝謁《ちょうえつ》して、衣服を請うたという記事が見える。彼らの権力は、いまだ一般農民を圧倒していたわけではなかった。だからこそ、その格差を際立たせるために、中国の役人の服を着て、中国の権威を後ろ盾にしていることをアピールし、自らの支配力を高めようとやっきになっていたのである。

中国の側にとっても、周辺民族の首長が、中国の衣服を着てくれるほうが都合がよかった。中国の役人の衣服を着ることは、とりもなおさず中国皇帝の臣下になることを意味していた。そうした人が多くいるほど、中国皇帝の徳の高さを示すとされたからである。だから中国側は、積極的に周辺民族に衣服を与えた。

しかし、彼らはやがて大きな権力を握り、国としての体裁を整えはじめると、中国の権威を借りることをいさぎよしとしなくなった。自分たちの権威を象徴する支配者のユニホームを独自につくりはじめたからである。「魏志」高句麗伝には、漢代に中国に詣でて衣服を受け取っていた高句麗が、次第に国力を充実させ、おごって、ついに朝謁しなくなったとある。高句麗は臣下の礼をとって行う朝謁の儀式がわずらわしくなったのである。

あくまでも衣服の着用を続けさせたい中国側は、窮余の策として、国境に小さな城を築いてそこに衣服を置いておき、取りに来させたという。臣従関係をあからさまにする儀式を省略して、衣服授受だけを行うためである。

ともあれ、古代の衣服をめぐるこうしたやりとりを見ていると、日本人はもう少しブランド志向を反省しなきゃと思ったりする。ヨーロッパ買い物ツアーでブランドショップにむらがる金満日本人は、「韓伝」で見た、中国へ朝謁する村のボスやその取り巻き連中となんら変わるところがない。舶来のブランドに身を飾って、まわりの人と差をつけたがるのは、実は、並みの人とたいして違わないといううしろめたさがあるからこそである。本当に実力をつけた人は、輸入ブランドなんかにたよらないで、自前の衣服を着たんだから。

男たちが脱いだとき

やがて大和王権が強大な権力を握り始めると、支配者集団の自前のユニホームが作られるようになる。

雄略天皇は、ある時、百官人に紅の紐がついた青い衣服を着せ、行列を仕立てて葛城山に登った。ふと見ると向かいの山の尾根に、いでたちも人数も、天皇と全くうりふたつに整えた行列が行く。大和の国に私以外に王はいないはず、天皇と同じふるまいをするとは、と怒って矢をいかけたが、それは葛城の一言主神《ひとことぬしのかみ》の一行であった。雄略天皇は恐縮し、百官人に着せていた衣服を脱がせて、一言主神に献上したという。

『古事記』に見えるこの話は蜃気楼の説話かとされるが、この百官人こそが、初めて歴史書の上に登場する古代国家の官僚集団のユニホームである。

やがて律令が編集されるようになると、衣服令に、日常の勤務の際の衣服（朝服）が規定された。律令国家の役人たちは袍《ほう》という上着と袴《はかま》（ズボン）に身をつつみ、出仕したのである。ところが、この衣服は、あくまでも朝廷や役所で着るユニホームで、だいたい彼ら役人たちでさえ、袍袴《ほうこ》姿でいたのは、当初は役所の中だけだった可能性がある。

持統天皇四年（六九〇）七月、次のような命令が出される。「位階を持つものは、以後、家で朝服を着て、宮の門が開く前に参上せよ」と。『日本書紀』の編者自身は続けて次のような疑問を投げかけている。「昔は宮門に着いてから朝服に着替えたのだろうか?」。このことは八世紀初頭の『日本書紀』編集段階には、通勤の際に制服を着て行くのが当然とする認識ができていたが、それは、あまり遠くさかのぼらない時期に成立したものであったことを意味していよう。

八世紀の半ばを過ぎても、位階さえ持たないような東大寺写経所の下級官人が休暇で退出するときは、麻でできた粗末な袍袴のユニホームを返してから、家路につかなければならない定めであった。役所を一歩出れば、そこでの衣服は別物という考え方があったのである。

では、この時代に一般庶民は何を着ていたのだろうか。庶民の日常の衣服を具体的に語ってくれる史料は全くない。しかし正倉院には、八世紀を実際に生きた庶民の名を連ねた、戸籍・計帳が残っている。特に計帳には、国家が個々の農民を把握し、支配するという建前から、ほくろやあざなどが身体のどこにあるかが書き込まれている。その身体の部位を追っていくと、腹部や背中は出てこず、首から上の頭部、脇腹や肩から先の腕、膝から下の脚に限られている。そして、ここから浮かび上がる衣服のおおまかな輪郭は、弥生時代以来の、袖無しで膝までの丈の貫頭衣そのものなのだ。

支配者集団が乗馬用のだぶだぶズボンで、どんなに得意げに一般農民との「違い」を誇示しようと、また、律令国家が衣服令を制定し、官人たちが袍袴姿で出仕しようと、庶民はそんな連中を横目で見ながら、あいかわらず働きやすい貫頭衣で水田に身をかがめていたのである。

この簡単な衣服のパターンは、これ以降もずっと庶民の間で根強い人気を保ち続ける。たとえば中世は、庶民の間にも袴が広く普及した時代であり、袴と烏帽子《えぼし》のセットは、人間であることのあかしにさえなった。そもそも日本人は、「魏志」倭人伝の時代から、かぶりものをする習慣がなかった。そこへズボンが入ってくると、それが外来のもの、正式のものと意識され続けたからこそ、必ずかぶりものとセットで着用しなければならないという強迫観念がつきまとったのである。

しかし、絵巻物の中には、ざんばら髪に袖なしで、袴をはかず、毛ずねをむきだしにして行く下層民の姿が見え隠れしている。小袖の上に袍か直垂《ひたたれ》だけを着て、袴をはかない男たちもいた。やがて江戸時代になると、人々は袴を脱ぎ始める。裃《かみしも》に袴姿で登城する武士も、家にいるときは袴を脱ぎ、着流しの和服姿である。庶民が着流しだったことはいうまでもない。和服は袖が付き、長さもくるぶしまでと長いが、ワンピース型スカートであるという点で、貫頭衣のバージョンだといえよう。江戸時代は同時に、人々が烏帽子を脱ぎ捨ててチョンマゲ姿になった時代でもある。

そうした中で明治期、再び洋服のズボン文化が入ってきた。それは帽子とセットになっていたので、当初、男たちはズボンをはくときは必ず帽子をかぶった。しかし、いまや背広姿に帽子をかぶっている人はほとんどいない。とすれば、今に男たちは、かつて袴を脱いだように、ズボンを脱ぎ始めるかもしれない。いったいその時、男たちはどんな貫頭衣を着るのだろうか。

道は京から一直線

泥の中から拾い上げられた木簡の筆跡をたどっていくうちに、次第に明らかになる長屋王邸の華麗な生活。でも、それは庶民の生活とはまったくかけはなれたものだった。それは貧富の差というよりは、まったく世界の違う、異国の人の生活とは見たほうがいいかもしれない。

日本の古代国家は、中国のコピーである。それも縮小したコピーである。中国をモデルに、中国にならって国家の体制を整えた。それは先進国をまねて、追いつき、追いこそうというような、つい先ごろ日本がやってのけたのと同じ目的からではない。東アジアの国際関係の上で、優位に立つためには、中国の価値観にそった国家の外見を整えることが、さしせまった課題であった。なぜなら、当時の東アジアの国際社会は、中国に牛耳られ、中国の価値観に支配されていたから。

律令国家は百官の府として壮大な都城を築き、その宮垣の中に百官人が集まった。ここに出現したのは、白壁に丹《に》塗りの柱の映える建物や、そこに集う百官人の、朝服の袍袴姿からしても、中国的な異国の世界であった。一方、都城の外には、竪穴式住居に貫頭衣の、昔どおりの庶民の生活があった。平城宮は、そこだけ浮き上がった中国的な空間、周囲の世界とは断絶した閉鎖空間だったのである。

朝服とは、日本では朝廷内で着る衣服を意味していた。朝服が制定された当初、役人たちは通勤には私服を着て、朝廷の門に着いてから朝服に着替えたというのも、二つの世界のへだたりが厳として存在すればこそであったろう。こんなかたちで存在する国家は、どのように周囲の社会と脈絡を持っただろうか。地方に点在する国の政庁は、規模こそ異なるものの建物の形式は平城宮と共通したミニ朝廷であった。そこに集う人々も、中央の朝廷と同じように、朝服で儀式や政務に臨む定めであった。中国のコピー空間は、またまた縮小コピーで、地方にもバラまかれたのである。

そこで、これらのコピー空間の連絡網が必要になる。個々に散在するだけでは、律令国家が中央に描き出した中国的空間は、いつまでも孤立し続け、周囲に拡大していくことができない。中国的な価値観からすれば、都の外は、いつまでもバルバロイの棲む未開の空間なのである。

それを解消するために働いたのが、都と地方を結ぶ官道であった。歴史地理学の成果により、平城京と地方の国府を結ぶ道が、近年、各地で確認されている。それは一〇メートル前後の幅を持つ直線道路であった。池があれば埋め立て、丘があれば切り通しを造り、どこまでも直線を原則にしながら、都へと続く。まるで古代の高速道路だ。それは、すべての道が、等高線に構わず直線で、首都ローマへと続いたローマ帝国の道や、秦の始皇帝が山を切り崩し、谷を埋めて造ったという、咸陽から九原までの「直道」にも似た、古代のアウト・バーンだった。こうした道の存在は、中世や近世の道には類例の少ない、古代だけの特色である。

動物の通う道が自然の道路になったというようななりたちでなく、当初からの計画道路なのだ。両側に溝が掘られていたり、敷石舗装された場合さえあった。いったい、なんのため？

都と地方の国衙《こくが》を同じ空間として結びつけるために、官道は造られた。いや、官道がまず造られ、それに沿って国府がもうけられたといったほうが正しい。道路が直線であったり、舗装されたりと、ことさら人手をかけて造られるのは、都から各地の国府へ、放射状に続く道路が、中国的空間の、道をなかだちとした拡大、ひいては国家の権威の拡大を表現するものとして設定されたからでもある。

そうした目的のために道路は、都への連続性を印象づけるものでなくてはならない。まわりを海に囲まれて、水上交通が発達した日本であったが、水路では、都への連続性を表現できない。瀬戸内海は、大宰府と都を結ぶ大動脈だったが、これと並行する山陽道が、古代の道の中でいちばん整備された。道幅二〇メートル前後。約一六キロごとに置かれた駅の建物は、外国使節の視線を意識して、瓦葺きで白壁の、中国風建築であった。

そもそも古代の官道は、国際関係をきっかけにして造られた。『隋書』倭国伝には、隋使・裴世清《はいせいせい》の一行を迎えるために、道路を整備し、宿泊施設を造ったとある。山陽道の終着点、平城京では、民家まで、外国使節に見られても恥ずかしくないようにと、瓦葺きで、柱は赤く、壁は白く塗るように指令される。我が国が、中国に匹敵する文化水準に達していることを演出し、アピールするための、外国使節だけを観客に想定した舞台装置だったからである。

ともあれ、都と地方は道によって結ばれた。都の中国空間は、道路を通じて地方に、放射状に広がったのである。

行基図の空間認識

行基図と呼ばれる日本地図がある。奈良時代の高僧行基が作ったとされ、江戸時代以前の日本全図として、現存する唯一の形式である。この地図には、都から延びる七つの道が、二重線や朱線で描かれ、団子の串のように国々を貫いている。国々の地形や境界線などは一切おかまいなしに、ただ都からの道に沿って、国々の配置だけが示されるのだ。

古代の日本に、正確な地図を作る技術がなかったわけではない。大化改新（六四五）の際に、国々の境界を描いた図の提出が求められたし、天平十年（七三八）、延暦十五（七九六）と、国郡図の作成が命ぜられた。また、信濃国や種子島の国図が、中央に提出された記録がある。そして現に、正倉院には東大寺が各地に開いた荘園の地図が伝わっている。方位も正確に、一定の縮尺で描かれ、山河や家々、寺社なども書き入れた、かなり正確な地図である。

にもかかわらず、日本全図となると、なぜ行基図のパターンしか残らなかったのだろうか。私はそれを、前近代の日本に、都から延びる道路を軸に国家領域をとらえる見方があったゆえ、と私は解釈している。

大みそかの夜、宮中では悪鬼を一〇〇〇里四方の境の外に追放する追儺《ついな》という儀式が行われた。『延喜式』には、その際、陰陽師が読み上げる祭文が掲げられている。その四方の境界とは、東は陸奥、南は土佐、北は佐渡、そして西は五島列島である。これらの地点は、それぞれ古代の幹線道路、東山道、南海道、北陸道の終点である。五島列島が西のはてに挙げられているのは、ここが中国へ向かう航路の日本側の最終寄港地で、八世紀の遣唐使はここから日本を後にしたからである。

天安門事件以来、おびただしい数の中国難民が、日本を目指してやってきた。そして、その多くが五島列島に上陸したというニュースに、私はこの地の古代以来の国際関係にしめる重要性に思いをはせ、感無量だった。

八世紀の半ばに、大宰府の高官藤原広嗣が九州で反乱を起こした。追討軍に敗れた彼は国外逃亡を企て、五島列島から船出する。済州島へ渡ったところで風が止まり、突然、船が進まなくなってしまった。彼は、さらに航海を続けるために、「東風よ吹け」と神に祈る。その際、彼は、公務を帯びた役人が道路を通行するときに携行し、人馬の調達をうけるために必要な駅鈴を、海神にささげるのである。しかしそのかいなく、逆に西風が吹いて、たちまち五島列島に吹き戻され、捕らえられてしまうのだ。

この事件で注目されるのは、広嗣が海の上に、五島列島から続く道を見ていることである。それだからこそ、道路通行に必要な駅鈴が海神にささげられた。広嗣は駅鈴を海神に指し示すことによって、あたかも国内の官道で人馬の供給を受けてきたごとく、神に中国への速やかな通行を請け負わせようとしたのである。広嗣が中国を目指していたのか、朝鮮半島だったかは、議論の分かれるところであるが、いずれにせよ、その道は、はるか大陸に続く道路であった。つまり五島列島が西のはてとされたのは、都から大陸へ続く道の、日本側の終点だったからなのだ。

道路上の一地点として表現されたのは、国境だけではない。大化改新の詔《みことのり》で定める畿内の境界も、宮の所在地から放射状に四方に延びる幹線道路上の、ある地点の内側を指すものとして表現されている。つまり畿内の境界は、線でたどられるのではなく、道と交わった点として表示されるのである。これは中国の世界観とは異質のものである。なぜなら、中国には王畿の外に五〇〇里ごとに同心円を描き、王都から最もへだたった異民族の居住地までを、帝王に対する服属の度合いによって分類する「五服の制」「九服の制」という世界観があった。ここでは個々の領域が、同心円で、つまり線で表現される。

日本の畿内制は中国の王畿の制を導入したものとされるが、にもかかわらず、畿内の境界が道路上の一点で表現され、また鬼の棲む国土のはてについても、宮都からの道路の終着点で示されるところに、日本的特質を認めたい。要するに中国の世界観は、同心円状に広がる空間構造をとるのに対し、日本のそれは、中央から延びる道路を基軸に、放射状に広がる世界として観念されるところに特色がある。

こうした相違は、道路の位置づけの違いに由来していよう。前節で見たように、道には都と地方を同じ世界に結びつける使命があった。そうした古代における道路の重要性が、ひいては行基図のような道路が国々を貫いて国土を構成する世界像をも、生み出したのではなかったろうか。

〈1992年5月〉

装いの標識

『一遍聖絵』の研究会をやっている。これがめっぽう面白い。『聖絵』の中には、中世社会の多くの階層の人々が、おのおのの生活様式、行動様式そのままに、ここの場面にはめこまれて息づいている。

私たちは、『聖絵』の中で時間を一瞬に凝結して静止している人々に、もう一度生命を吹き込み、躍動する姿を見たいと思った。もう一度踊り念仏の熱狂を体感してみたいと思った。それは中世の人々の心性の追体験でもある。こうした目的のもとに、研究会が発足した。

日本古代史、日本中世史の研究者だけでなく、西洋史の人がいたり、国文学・音楽史・医療史・思想史・美術史・芸能史、それに仏教学の分野の人までつどって、『聖絵』をそれこそ車座になって見るのだ。それぞれの分野の研究者が絵巻の一場面を取り上げて、自分の視点からの『聖絵』論を展開してきた（これまでの成果は『一遍聖絵と中世の光景』と題して、ありな書房から、すでに公刊されている）。

歴史家としての一種の色眼鏡を取り払ってもらったような新鮮な思いをすることも、しばしばである。中でも時宗教学研究所長の長島尚道氏は、協議の問題など、私たちのわかりにくい点を明瞭にしてくれる主力メンバーである。

ある時私は、踊り念仏の舞台と、それを取り巻く劇場空間の変遷を、『聖絵』の中から抽出したことがあった。『聖絵』には踊り屋だけでなく、四天王寺の蓮池に挟まれた舞台、吉備津《きびつ》神社の舞殿《まいどの》や、厳島《いつくしま》神社の海中の伎楽《ぎがく》の舞台、伊予大山祇《おおやまつみ》神社の石舞台というように、さまざまな舞台が登場する。絵師のひとかたならぬ舞台への関心の深さが推察され、それだけ踊り念仏の舞台の描写も正確だったであろうと推定できるのだ。

踊り念仏は、信州小田切《おだぎり》の里の武士の館で、なかば自然発生的に始まった。庭に降り立った道俗男女が、鉢や折敷《おしき》など、あり合わせの具を棒で叩きながら、念仏に合わせて踊り始めたのである。次には佐久《さく》の大井太郎の宅。屋敷の濡れ縁を回って踊りながら念仏を唱え、忘我の境地のあまり簀《す》の子を踏み抜いたあげく、引き上げていく一行の姿がある。やがて踊り屋、つまり専用の舞台が設けられるようになるが、これは明らかに組み立て式である。移動舞台なのだろうか。踊りはねる足で板を踏む音が、音響効果のひとつらしく、高《たか》舞台をしつらえない場合も、土の上に板だけは敷いている。

また舞台の形成と同時に観客と踊り手がはっきりと分かれ、時宗の僧尼だけが舞台に上がるようになる。そして舞台の周囲の空間が囲い込まれて、いわゆる劇場空間が成立する。劇場が閉鎖空間として切り取られなければならないのは、観衆から木戸銭を徴収するためである。入口は一ヵ所に限られ、人々が、牛車が殺到している。市屋《いちや》道場は、京都七条大路の北、東《ひがし》の市《いち》の雑踏の中に設けられた。釈迦堂の舞台は、四条大路と京極大路の交差点に位置する。いずれも観客動員力を計算に入れてのことであろう。

私がこうした趣旨の報告をした時、長島氏が異議を唱えた。一遍が木戸銭を徴収したとするのは正しくない。布施をいただいたと言うべきだ、と。劇場という視点からつきつめると木戸銭になってしまうが、時宗教学の立場からすればあくまでも布施というわけである。

氏は同時にこんな発言もされた。絵師は明らかに男女を描き分けており、高舞台の周縁部で踊るのは尼である。それは観衆へのサービスだろうと言うのだ。そういえば舞台のへりに、女性に見える姿がある。この鋭い指摘に、一同納得した。時衆の装束は、普通の法衣《ほうえ》とは違って裳《も》（腰から下に穿《は》くスカート状の衣）をつけない。膝までの丈で、当時からすればミニスカートである。こんな姿で踊り念仏のエクスタシーの中に没頭していったらどうだろう。

「頭をふり、足をあげて踊るをもて念仏の行儀とし……見苦しきところを隠さず」（『野守鏡《のもりかがみ》』）とか、「念仏する時は頭ふり、肩をゆりて躍る事……男女根を隠すことなく」（『天狗草紙《てんぐぞうし》』）と、世間は時衆の下半身が露《あらわ》になることに非難を集中させ、天狗の所業、異形《いぎょう》、外道とも言って罵倒している。裏返せば、どんなに注目されたかということである。

市屋道場の舞台はとびきり高い。こんな位置でミニスカートの尼たちが躍るのだから、「ジュリアナ東京」のお立ち台以上の評判を呼んだに違いない。でも舞台のはしっこで尼を踊らせたのが一遍上人の指図だとしたら、女性史の立場からすれば、木戸銭を取ったかどうかどころではない大問題だと思うんだけど。

＊『一遍上人絵伝』　時宗の宗祖、一遍の教化・遍歴の生涯を描いた絵巻で、十二巻の『一遍聖絵』と十巻の『一遍上人絵詞伝《えことばでん》』の二種類がある。後者は『遊行上人絵詞伝』ともいう。『聖絵』は方眼円伊《えんい》が絵を描き、十周忌の正安元年（一二九九）八月に完成したと奥書にある。京都・歓喜光寺《かんきこうじ》に伝わった絹本の歓喜光寺本と、一部の描写に差異がある紙本の御影堂本《みえいどうぼん》がある。両者の関連は明らかでない。『絵詞伝』は一遍と第二祖他阿弥陀仏の伝記。徳治二年（一三〇七）までには成立したことがわかっている。『聖絵』以上に流布したが、原本は伝わらない。

「市」空間と市女笠

『一遍聖絵』に関する話題をもうひとつ。備前国福岡市《びぜんのくにふくおかのいち》（岡山県長船町）の光景は、活気づいた中世の市の様子を生き生き伝えてくれる。

一遍は市の雑踏の中で、吉備津神社の神主の息子に危うく切り殺されそうになる。留守中に彼の妻を発心《ほっしん》させ、出家させてしまったからである。いましも刀のつかに手をかける男と従者たち。しかし、いまひとりの従者の手に握られた弓が、歓喜光寺本ではいったんは描かれながら消した跡がある。これが絵師による純粋に美術的な絵画構成技法上の改変なのか、あるいは市という平和空間では、飛び道具である弓矢の携帯を禁じる慣習があり、これに合致させるために消したのではないかという議論が行われた。

ここで、市という空間の性格を考えてみよう。市はどのように他の空間と区切られているだろうか。福岡市は、川や柵で区切られた中に展開している。

ここで注目されるのは、御影堂本の、小屋の背後にある、積み上げた笠の山である。これは通りに面して並べられておらず、店の商品ではなさそうである。また小屋の中に十分空きスペースがあるのに、市女笠《いちめがさ》が軒の外に置かれる事情がわからない。一方で雨にぬれても差し支えない備前焼らしい大甕《おおがめ》までが、小屋がけした中に転がしてあるのに、である。この笠の山は、川のそば、つまり市場空間の隅っこにある。

ところで、『聖絵』の中には、ほかにいくつも積み上げた笠の山のシーンがある。これを比べてみると、いくつかの共通点が指摘できる。まず非常に多くの人々が参集する場所に笠の山がつくられる。また屋外と屋内の境界に笠の山が設けられることが多い。

しかし、例えば淡路二宮《あわじにのみや》の境内のように、同じ屋外でも、市女笠をかぶったままの女性と、笠を預けて座っている女性の姿が混在しているシーンもある。ここでは笠を託すことが、踊り念仏の見物の座につくことを意味しているのだ。つまり笠の山は、踊り念仏の劇場空間と神社の境内との境界に位置していると考えられよう。これは先述の京都の市屋道場の場面でも同様で、仮設桟敷の間に、おそらく桟敷に上がった人々のものであろう笠の山と、履物《はきもの》を守ってうずくまる子どもの姿がある。

笠の山は、空間から空間へ、質的転換のある地点に築かれるのではないか。そして、道路など、不特定多数の人々の行き交う空間から、ある限られた空間へ入場する権利、メンバーシップの取得と引き換えに、笠を一ヵ所に供託したと推定できる。さて福岡市での笠の供託では、誰が、どんなメンバーシップを獲得したのだろうか。

ここで注目したいのは、市で商いする販女《ひさぎめ》が何人も登場するが、彼女たちはだれも笠をかぶっていないという事実である。これに対し面《おめん》を売る小屋に入り込んで品定めをする女性たちは、笠をかぶっている。同じ市場空間で、売り手の女が笠を預ける一方、買い手の女は笠をつけたままなのである。

とすると笠の山は、販女のものなのではないか。そしてこのことは市場空間の位置づけが、売り手と買い手で違うことを意味していよう。すでにこの時代、市には恒常的な小屋がつくられている。露店ではなく、屋根の下で座売《ざう》りの商売ができれば、販女たちに市女笠は不要である。

つまり販売権が、市女笠の供託と引き換えに与えられたという推理が可能なのである。一方、買い手が、あたかも道路の延長空間を行くようにショッピングを楽しんでこそ、市の繁栄は約束されよう。古代以来、市が道路と道路の交差点や、共同体の境界領域に設けられてきたのは、道路と同様の、往来の自由が保証された空間であることが要求されたからであろう。

要するに市場空間の位置づけが、売り手と買い手とでは違うのだ。市の空間と他の空間との境界は、売り手の意識にだけ存在し、買い手の側は行路に連続する空間として、自由な通行が可能な空間として認知されることこそ、理想的な状態であろう。だとすれば、意識の上で行路人のまま連続して市の買い手に転化する人々に、市の入り口で弓矢だけを着脱させる行為を強いた事態は、想定しにくいと言えよう。

ところで市女笠は女性がかぶる場合が多いが、市で商いをするのは女性ばかりではない。では男性の売り手は、何を供託して市の販売権を象徴させようとしたのだろうか。

御影堂本の笠の山のそばに、履物を差し出す男の姿がある。歓喜光寺本では笠の山はなくて男の姿だけあり、すでに裸足なので、はいてきた履物を預けている場面らしい。おそらく、男たちは履物の供託によって市のメンバーシップを象徴させたのではなかったか。

後醍醐と聖徳太子

時宗の総本山、神奈川県藤沢市の清浄光寺（通称・遊行寺）にある「後醍醐天皇像」が、このところ全国の歴史博物館から引く手あまた、展示のための貸し出し要請があとを絶たないと聞いたのは、いつのことだったか。

一九九一年、NHKの大河ドラマで南北朝内乱期が舞台になったからだけではない。網野善彦氏が一九八六年の『異形の王権』（平凡社）の中で、「天皇の肖像としては異形としかいいようのない画像」として取り上げたことがブームの引き金になった。

この画像は、冕冠《べんかん》をかぶり、俗服である袍《ほう》の上に袈裟《けさ》をつけて、五鈷杵《ごこしょ》、五鈷鈴《ごこれい》という密教の法具を手にした姿で描かれている。

『清浄光寺記録』ではこの画像は灌頂《かんちょう》を受けた時の姿と言われ、護持僧《ごじそう》（天皇を守護する祈禱僧）として後醍醐天皇（一二八八～一三三九）と深く結びついていた文観《もんかん》から、後醍醐寺座主が相承し、遊行十二代上人に渡されたと伝える。さらにこのいでたちは仲哀《ちゅうあい》天皇の宸服《しんぷく》（天子の衣服）を着て、神武天皇の冠をかぶり、竜猛菩薩《りゅうみょぼさつ》の乾陀穀子《けんだこくし》袈裟をまとった姿であると解説されている。

黒田日出男氏も網野氏の「異形の天皇論」をさらに補強して、この像は文観によって描かれたもので、王法・仏法・神祇《じんぎ》の中心として後醍醐を位置づけるために描かれたと主張した。

ところでこうした扮装で描かれたのは、実は「後醍醐天皇像」が初めてではない。推古天皇によって勝鬘経《しょうまんきょう》を講義する聖徳太子を描いた太子像が、もっと早くから同様のいでたちで描かれているのだ。例えば、兵庫県太子町《たいしちょう》の斑鳩寺《いかるが》にある勝鬘経講讃《こうさん》の太子画像は、密教法具のかわりにうちわ状の麈尾《しゅび》を持つところが「後醍醐天皇像」と相違するが、ともに冕冠をかぶり、俗服の上に袈裟をまとう点で共通している。鎌倉時代から登場し、特に室町時代に盛んに描かれた太子像のパターンのひとつである。

さらにさかのぼれば、勝鬘経講讃太子像の原型になったのは、平安末期につくられた法隆寺の「聖霊院御影《しょうりょういんみえい》」（木像）である。この太子像は袈裟は着用せず、また麈尾のかわりに笏《しゃく》を持っている点が、鎌倉以降図像的に確立した勝鬘経講讃太子像のパターンからはずれているものの、冕冠着用太子像の現存最古の例である。

しかし、この冕冠には不自然さがある。絹のうすものの羅《ら》に漆をかけただけの巾子《こじ》（髻《まげ》をおさめるぶぶん）で、いく筋もの玉飾りの旒《りゅう》を垂らした冕板《べんばん》を支えるというのは、構造上無理なのだ。

つまりこうした着装法は、彫刻や絵画の世界だけで可能な「絵空事」なのである。この時代にも天皇即位の時などに、冕冠が着用されただろうと考えられる。にもかかわらずこうした像が造られたとすれば、実際に冕冠を見たことのない者の所行であろう。あるいは太子信仰をもり立てていこうとする法隆寺の案出ではなかったか。

なぜなら太子のこの冠は、即位礼や元日など朝賀《ちょうが》の儀において天皇や皇太子に占有的に着用される冕冠とは、だいぶ位置づけが違う。同じ冠が建長六年（一二五四）に完成した「聖皇曼陀羅《しょうこうまんだら》」（法隆寺所蔵）に見える。太子の前身後身、眷属《けんぞく》（一族）らを描いたこの曼陀羅図に、太子の父用明天皇と聖武天皇の姿があるが、頭に冕冠をかぶるのは、これらの天皇をさしおいてひとり聖徳太子だけなのである。

冕冠はここでは天皇の権威を象徴するのではなく、太子の至高性を象徴するものとなっている。これがのちに勝鬘経講讃太子像として、袈裟や麈尾を付加し、宗教色の強い図像に発展していったのは、王法と仏法を統合する存在として太子を位置づけようとしたからであろう。

このように考えたうえで、「後醍醐天皇像」が勝鬘経講讃太子像に酷似している理由を推定してみよう。

南北朝内乱の思想エネルギーは、平安期から盛んに偽作された聖徳太子の予言の書「未来記《みらいき》」であった。楠木正成が四天王寺で「未来記」を見て、後醍醐天皇の倒幕が太子によって予言されていたことを知ったというのは、『太平記』の有名な話である。四天王寺にはほかに「四天王寺御手印縁起《ごしゅいんえんぎ》」と呼ぶ「未来記」があるが、後醍醐天皇がこれを書写している。そして自らの手印を加え、以後写本を正本《しょうほん》に擬すべしと奥書《おくがき》に記した。後醍醐はさらに高野山の弘法大師の手印縁起をも書写し、手印を押している。弘法大師は聖徳太子の生まれ変わりとされる。

後醍醐が両者の手印縁起をことさら書写したのは単なる偶然ではなく、聖徳太子から弘法大師を経て自分に至る再生の図式を、心中密かに描いていたからではなかったろうか。

七月二十六日の法隆寺夏期大学への参加は、一年でただ一回、「聖霊院御影」を本当に間近で拝観することができる機会である。毎年、このチャンスの「聖霊院御影」との再会を楽しみにしている。

＊冕冠　天子・天皇や皇太子が大礼用に着けた礼冠。冠の上部に五色の玉を貫いた糸縄を垂らした冕板をつけたところからいう。

＊灌頂　かんじょう、ともいう。水を頭に灌《そそ》ぐの意味。昔、インドで国王の即位や立太子の時、水を頭の頂きにそそぎかけた儀式から生じた仏語。仏となることを意味する儀式。

男性美の伝統

若い女の子たちは、ボーイフレンドをエステ・サロンに追いたてる。見苦しい胸毛やすね毛を、脱毛させるためだという。

ひと昔前、いや、もっと昔だろうか、男の胸毛は魅力のひとつでさえあった。シャツの第三ボタンをはずして、ちらりと胸毛をのぞかせて街を行く男が、けっこうそこらにいたものだ。それがこの美意識の変化たるや、どうだろう。いったいこの原因はどこにあるのか。私は若い女の子たちののびやかな感性が、西洋的な男性美の呪縛から、自らの価値観を解放したためと推理している。

そもそも日本で、マッチョ（筋肉モリモリ）な男が理想とされた時代が、はたしてどれほどあっただろうか。光源氏は、ここぞというところで泣いて見せ、女をとりこにしたという。泣きどころを心得ていたわけである。また、そのたぐいまれな美しさは、「内親王たちに較べるべくもない」と、女性と同じ範疇での卓越した美が賞賛されている。

さらに「なまめかしう」とは、朧月夜《おぼろづきよ》の君や雲井雁《くもいのかり》など、成人女性の魅力の形容として使われた言葉であるが、光源氏も「なまめかしうはづかしげ」な雰囲気を漂わせていたとする。光君ばかりではない。柏木《かしわぎ》にも、薫君《かおるのきみ》にも同じような形容がある。「なまめかし」は女性だけに特有の魅力ではなく、男性美のひとつでもあったのだ。

さらに光源氏がしどけなく添い臥《ふ》した様子は、頭中将《とうのちゅうじょう》や左馬頭《さまのかみ》、藤式部丞《とうしきぶのじょう》らの男性たちから「女にて見たてまつらまほし」、つまり「女として見たい」と思わせるような、男心をそそるものでもあった。源氏の魅力が、成熟した女性のそれと大いに通じるものであったことがますます明らかである。そして源氏だけが、特別に女性的だったわけではないとすれば、男として、女としての魅力は極めて接近していて、美の基準には性差が少ない時代だったと言うことができよう。こうした美意識は、さらに時代を遡れる。

『万葉集』巻十六に、竹取の翁《おきな》が、自分は若いころ「すがるのごとき腰細《こしぼそ》」だったと主張しているくだりがある。「すがる」は「じがばち」のことで、「こしぼそばち」とも呼ばれ、胸と腹のあいだが細くびれていることのたとえに使われる。つまり、竹取の翁のウエストは、若いころ、蜂のようにくびれていたと、自慢しているのだ。古代社会は、女だけでなく男も、くびれた細腰が美の要件だったわけである。

さらに同じ『万葉集』の「胸別《むなわけ》の　広けき吾妹《わぎも》　腰細の　すがる娘子《おとめ》」という珠名《たまな》娘子への賛辞は、女性のくびれたウエストと豊満なバストではなく、幅広くがっしりしている胸板を良しとした古代人の美意識の表出である。関口裕子氏は、本来農民の美意識だった働く女性の健康美が、貴族社会にも取り入れられた結果、たくましい胸とくびれた腰という、美意識が成立したのだろうとする。

平安末期成立の『今昔物語』には、少年に変装した女人や、美しい男装の女盗賊が登場するが、彼女たちとねんごろになった男たちでさえ、外見からは正体が女であることがなかなか見抜けなかった、という筋書きになっている。女性としての美貌が、男性としてのいでたちに、外見上の不自然さを添えるものではなかったと推定できよう。

こうしたいわばユニセックスの美意識が、古代以来連綿として日本文化の底流にあったのではなかったか。鈴木春信の浮世絵に出てくる男女は、ほとんど性の区別がつかない。江戸時代の粋の文化はけっしてマッチョな男性をたたえるものではなかった。ところが明治になると「バンカラ」などと称して、風采や行動の粗野な男たちが横行するようになる。こうした男性イメージの転換に大きな役割を果たしたのは、明治天皇の御真影《ごしんえい》ではなかったか。

維新のころ、白く化粧して眉を描き、お歯黒をつけていた明治天皇は、一八七二、三年（明治五、六）段階の写真では、あまり男性的とは言いにくい。しかし一八八八年（明治二十一）にキヨソーネが描いた軍服の肖像は、見違えるようにかっぷくもよく、ゆたかな髭《ひげ》をたくわえて、男のたくましさがある。

明治政府はプロイセンを国家のモデルとしたというが、天皇にもヨーロッパ的君主への変身を強いた。明治天皇の表御座所《おもてござしょ》の前庭には、フリードリヒ大王のブロンズ像が置かれてあったらしい。フリードリヒ大王は、ヨーロッパで国王の模範とされた大国プロイセンの啓蒙的絶対君主である。彼の像を常に明治天皇の視界に入れたというのも、明治の元勲たちが、天皇にヨーロッパ的君主像への変身を求めた証拠であろう。そして極めて男っぽい明治天皇の御真影が、全国の小学校にまで配布され、ヨーロッパ的なマッチョな男性イメージが、理想の君主＝男性像として定着していったのだ。

あれから一〇〇年、アメリカンドリームが払拭されたこととあいまって、ようやく日本本来の、ユニセックスな男性イメージへの回帰が始まったのかもしれない。

異性愛と同性愛

『とりかえばや』は、異性装《いせいそう》の男女を主人公にした、平安末期の物語である。ある上級貴族の子どもに、ともに大層な美貌ながら、活発すぎる女の子と、引っ込み思案な男の子があった。子女の逆転した性格を嘆く父親が、ならばいっそのことと、性を取り替えて育ててしまう。男装の姫君と女装の若君は、異性装であるがゆえに遭遇する数々の危機を乗り越えてゆく。

やがて男として世間を通している姫君の妊娠、出産という最大のピンチを経て、姉と弟は密かに入れ替わり、本来の性の姿で都に戻る。そして姉はミカドの愛を受け入れて中宮となり、所生の男子は東宮《とうぐう》に立てられる。また弟は関白左大臣にまで出世する。女に生まれて国母となることこそ最高の栄達であり、男と生まれては臣下としてのぼりつめたところが関白左大臣の地位であった。

つまり『とりかえばや』は、異性装の男女が、ともに位人臣《くらいじんしん》を極めるという筋書きの、サクセスストーリーなのである。しかもこの物語は、『源氏物語』を下敷きにした形跡があるとされる、シリアスなドラマである。では、異性装の男女のシリアスなサクセスストーリーが成立するためには、いったいどのような環境が必要だろうか。

まず第一に、女装しても美しいことこの上なく、男の姿に戻っても美形として通用する「いい男」であるためには、男女の理想的な姿が、極めて接近しているのでなければならない。マッチョ（筋肉モリモリ）が男性の理想像であるような世界で、「いい男」が女装したとすれば滑稽でありこそすれ、お世辞にも美しいとは言えず、異性装を主題にしたドラマはコメディーになってしまうであろう。つまりユニセックスな美意識が支配する世界でこそ、こうしたストーリーが成り立つのだが、前に述べたように前近代の日本は、まさにそうした世界だった。

さらに言えば、衣服がゆったりと、しかもすっかり身体を覆い、男女の生物学的な性差を表面にあらわすことがないことが要件になるだろう。女装していた男君が、はえてくる髭の処理に腐心するシーンがある一方で、女君と入れ替わって本来の男装に戻った男君が青々と髭を蓄えている様子に、かつて男装の女君を妊娠させた恋人が、相手がまぎれもない真の男にすり替わってしまったことに気づく場面がある。以下にユニセックス至上の社会であっても、第二次性徴は隠すべくもない。ミニのタイトスカートから毛脛《けずね》を出していたのでは、女装としての美の評価はぶちこわしである。

だから、衣服がゆったりと身体を覆いつくし、あまり肉体を露にしないのでなければならない。政争に敗れ、夜陰《やいん》にまぎれて落ちのびていく人々がしばしば女に変装する例が、『太平記』などに数多く見られるのは、特に女性の外出着が、被衣《かずき》や市女笠、さらに垂れ絹《たぎぬ》などで、顔まで隠すことができたので、変装が容易だったからである。

さて、『とりかえばや』で、男装の中納言が、宰相中将《さいしょうのちゅうじょう》と決定的な関係に陥ってしまったのは、真夏の暑い日、父の左大臣邸でのことであった。装束の紐を解いて横になり、くつろいでいる中納言は、「紅の生絹《すずし》の袴に、白き生絹の単衣《ひとえ》」を着た姿であった。その容貌の美しさは言うにおよばず、袴の腰をきりりと結んだあたりが透けて見えたのが、中将の理性を狂わせた。雪をまるめたように白い、美しく、愛らしい腰つきだったという。そこで中将は、見ているうちに我を忘れて添い臥してしまう。

ここで注目したいのは、中将の心情である。同性愛として仕掛けられた行為であるが、「なんてステキなんだ。こんな女がほかにいたら、私はどんなに心を奪われるだろう」と、明らかに中納言を女に見立て、女と引き較べているのだ。これは光源氏を「女にしてみたい」と、熱いまなざしで見つめた頭中将らの心情と共通する。

しかもこの時、中納言が着ていた紅の袴に白い単衣は、実は女性の肌着と同じである。この時代の貴族たちは、上着として男は袍《ほう》や直衣《のうし》を着るが、例えば、束帯の白袴の下には紅の袴をはいている。つまり上着は男女の区別がはっきりしているが、下着は男装も女装も一緒なのである。こうなればますます男女差は混沌としてくる。中将が中納言の姿に女を見てしまったのも極めて当然である。中将にしてみれば、女性の至上の姿をたまたま中納言に認めたからこそ、愛を仕掛けたのであった。

女性美の代替を求めての同性愛だったので、中納言が実は女であるとわかっても、これ幸いと思いをとげてしまったのであった。前近代の日本の同性愛が異性愛と両立する場合が多いのは、こんなところに原因があるのかもしれない。

*王朝の美形　男女とも絵巻で「引目《ひきめ》鉤鼻《かぎはな》」で登場する。下ぶくれの丸顔、左右一線の目、太いまゆをいれ、鼻は「く」の字、朱で小さな唇を描いた。女の場合は長く麗しい髪も必須の条件だった。宮廷の女房らは山吹・紅梅・萌黄《もえぎ》色など、いわゆる十二単《ひとえ》の華麗な装束を競い合った。華美が過ぎて規制も行われた。そで口や裾を几帳《きちょう》の下や牛車からちらりとのぞかせることは、打出《うちいで》や出衣《いだしぎぬ》といい、粋な美意識の表れであった。

〈1994年10月〉

衣服の歴史から見た天皇制

一五世紀にジャンヌ・ダルクは異端だとして火刑に処せられたが、その理由づけに、宗教裁判は、彼女が男装していたことを持ち出した。天照大御神、神功皇后、巴御前は男装し、日本武尊は女装していたが、彼らは制裁を受けたりしなかった。つまり、ヨーロッパでは異性装に対してタブー意識があるが、日本ではそれがないと言える。なぜ日本では異性装に対してタブー意識がないのだろうか。それは、日本人は昔から男女同じ形の衣服を着ていたからである。

三世紀の頃から、男女とも農民は貫頭衣を来ていた。袖がなく、膝までの長さの前で合わせる着物である。稲作労働は、水中に足をつけての作業なので、足首までのズボンだと毛細管現象でびしょぬれになってしまう。また、夏の暑い時期に身をかがめての作業なので、背中を直射日光から保護する必要がある。ワンピース式の貫頭衣だと、背中を保護しつつ手足を自由に水田につけることができた。この貫頭衣は、大陸から稲作とともに入ってきたものである。農民は長くこの貫頭衣を着ていた。

男女同じ形の、貫頭衣のような服を着るのは、日本では着流しの和服として続いている。戦後でも、外でズボンをはく男性も、家に帰るとゆかたを着てくつろいだ。

とにかく、三世紀の頃庶民は貫頭衣を着ていて、邪馬台国でもそうだった。では、王である卑弥呼は何をきていたのか？

卑弥呼が魏から「親魏倭王」の金印をもらったことは有名だが、そのとき衣服も一緒にもらった可能性がある。

当時、今のアメリカと比べものにならないほどの超大国であった中国と周辺諸民族の支配者とは、冊封《さくほう》体制というシステムをとっていた。周辺諸民族の首長らは中国皇帝に朝貢という形で使節を送り、中国皇帝は首長らに中国の国内の身分秩序のなかのひとつのランクである「王」という称号を授ける。そして、それを授けた証拠に、印鑑を与える。卑弥呼がもらった「親魏倭王」の金印もそれであった。中国は、広い国土の末端まで支配を行き渡らせるために、文書行政を行っていたので、そこでは印鑑が重要な意味を持った。朝貢して中国皇帝の臣下となった周辺諸民族の首長たちに、中国はその文書を封印するための印鑑と、その身分に相当する中国の官僚の衣服を渡したのだった。

しかし、国家形成途上の周辺諸民族の首長にとっては、印鑑より中国服のほうがありがたかった。みんな貫頭衣を着ている中で卑弥呼一人が中国服を着ていると、一人だけブランド物を着ているように目立つことができる。しかも、中国服を着ていることは、その背後に中国皇帝の絶大な権力が構えていることを庶民に感じさせることができるのである。周辺諸国では、中国服の視覚的効果が大きな意味を持ったのである。

では、卑弥呼が魏から賜った衣服は、どんな形だったのだろうか？

中国は儒教の国である。男尊女卑の考えがまかり通り、女が「王」になることなど考えられないことだった。たとえば、中国では後に則天武后という女帝が出たが、彼女の即位自体を後世の男性歴史家たちは快く思わず、その事実を抹殺しようとした節がある。新羅でふたりの女王が誕生したとき、男性で適任者がいなくて仕方がなくの措置だったため中国はこれを認めたものの、新羅が隣国に攻められ、中国に援軍を頼んだところ、「女王をたてたりするから隣国に侮られるのだ」と、暗に女王に退位を迫っている。日本の推古天皇が女性だと中国は気づいていない節もある。もし卑弥呼が女性だとわかっていたら、魏は卑弥呼を「王」に冊封しなかっただろう。だから卑弥呼が女性だということを、邪馬台国の使者は魏に隠していたのではないか。とすれば、魏が卑弥呼に賜った衣服は男性用だったと考えられる。男性であった魏の使者から、男物の中国服を渡されたのである。

それなら卑弥呼は、この服を見て「女の私は男物を着ることができない」と思っただろうか？　邪馬台国では男女とも貫頭衣を着ていて、衣服に男性用、女性用という観念自体が存在しなかった。だから卑弥呼は男物の中国服を着て、貫頭衣を着た農民たちとの身分差を表現したのである。

こうした王の衣服のあり方は、後の時代にも受け継がれた。七五二年、大仏開眼会に孝謙女帝、聖武太上天皇、光明皇太后が出席し、三人の被った冠が正倉院に残されていた。そのうち一つは冕冠《べんかん》である。冕冠は、天皇のみ（後、皇太子も）被ることが許されていた冠であったにもかかわらず、後には、聖武太上天皇が冕冠を被ったという説が成立した。後世の価値観から言えば天子冠である冕冠は男帝だけのものでなければならず、聖武太上天皇は天皇を退位していたが、かつて天皇だったので、彼が冕冠を被ったと考えたのだろう。しかし、事実としては、孝謙天皇が冕冠を被っていたのである。（その立証の過程については、拙書『衣服で読み直す日本史』〔朝日選書〕を読まれたい。）また孝謙天皇、聖武太上天皇、光明皇太后は三人とも、白い礼服を着ていた。つまり、七世紀には、まだ天皇の衣服に性差がなかったのである。

八二〇年、天皇の即位式における礼服が、男女別形態のものとして定められた。男帝は冠と一二の模様の刺繍のある赤い袞衣《こんい》、女帝は玉冠と刺繍なしの白い袞衣である。

不思議なことに、この八二〇年を境に、女帝の誕生がぴたりと止むのである。推古、皇極、斉明、持統、元明、元正、孝謙、称徳と六人もの女帝が二〇〇年あまりの間に輩出したが、その後近世まで七〇〇年間、女帝はほとんど出なかった。

それは、八世紀段階までは、天皇は性を超越した存在であり、女性が天皇になることになんの違和感も感じられなかったからではないだろうか。卑弥呼の衣服や、孝謙天皇の冠の例からもそう言えるだろう。それが八二〇年に男女別々の衣服を定めたことで、天皇は本来男性であるべきだという意識が生まれ、それが女帝の輩出を困難にしたのだと言えよう。

近代には、天皇はどのような存在になって行くのだろうか。明治天皇の装いを通して考察していく。

幕末・明治維新の頃、明治天皇は数百人の女官に囲まれ、白粉、お歯黒をつけ、まゆを剃り、という典型的な公家顔をしていた。明治三年、天皇が人前に姿を現したときはまだお引直衣《ひきのうし》を着ていた。明治五年の写真でも、和服を着ている。しかし明治三年には宮内庁はすでに天皇の洋服を手配している。明治四年には伝統的な衣冠の制は日本固有の制度でなく中国の模倣だと強調し、衣冠の制をやめることを正当化する布石を敷いている。

そして明治六年、天皇は断髪し髭を蓄え始め、軍服を着用して写真に撮影されている。伝統的な公家顔から、ヨーロッパ的な、男性君主像へと変身を迫られたのだ。この全身写真は外国や国内に配られ、天皇の男性的イメージをアピールしたのである。

明治二一年にイタリア人の御用絵師、キヨッソーネによって描かれた肖像画をもとに撮影した「御真影」では、実は療養を必要とするほど病弱だったはずの天皇はますます雄々しく描かれている。この「御真影」こそ、全国津々浦々の教育施設に置かれた、今日我々のイメージする明治天皇である。

当時の時代背景として、富国強兵政策のもと、徴兵令の改正、教育勅語の発布、軍事力強化などが行われていた。維新政府は、小学生のときから「御真影」を拝ませるという礼拝儀礼を通して、軍隊の司令官のイメージの天皇を理想の男性像として国民に浸透させることを意図したのである。

ところで明治二三年の憲法発布式には公式な場としては初めて天皇と皇后がペアで出席している。また、天皇の即位礼には本来皇后は登場しないものだったが、大正天皇の即位礼からは皇后が登場する規定になった。天皇と皇后の男女ペアで王権を構成するようになったわけである。これは、天皇が「男性」性を帯びたことによって、ペアの女性が必要となったことを意味する。

ここから何が言えるだろうか。天皇が性を超越した存在であった段階では、ペアの女性を必要とせず、即位礼にも天皇ひとりが登場すればよく、皇后の座はなかった。そして、だからこそ女帝の登場も許容されていた。しかし天皇に男性イメージが付与されたとき、対極の性としての皇后は、王権の不可欠の構成要素となり、即位礼にもその座を設けなければならなくなったのである。そうすると、女帝の登場は不可能になる。それを裏づけるかのように、明治憲法下の皇室典範も、女帝を排除している。ここに来て、天皇が超越した存在だった古代には多く輩出した女帝の即位は、完全に考えられなくなるのである。天皇に男性イメージを付与されたというより、天皇が「男性」性に閉じ込められたと言うべきであろう。

とすれば、明治維新は、古代天皇制の復古を目指したのではなく、天皇制の新たな転換を志したのだと言えよう。

〈1999年3月〉

男女同形だった日本人の衣服

かぐや姫は、月からの迎えの天人《てんにん》が持ってきた衣服に着替えると、人間の心を失って、天上の人になってしまいました。前近代社会では、衣服は変身の手段であったばかりでなく、変心の具としてとらえられていたのです。『竹取物語』で語られるこの衣服にまつわる話は、衣服の表象機能が、現代に比べて格段に大きく、衣服自体が独自に力を持つとすら考えられていたことの証左にほかなりません。

日本の歴史を、こうした衣服に焦点をあてて見直すと、なにが見えてくるでしょうか?

三世紀の日本列島の人々は男女とも、魏志倭人伝にいう、いわゆる「貫頭衣」を着ていました。この衣服は、袖なし、膝丈のスカート形の衣服です。前あきで、着物のように合わせて紐で結びとめました。水田耕作に従事する人々の労働着として、稲作とともにこの衣服は伝来しました。稲作は、夏の暑い時期に農作業が集中します。背をかがめて行う作業ですから、背中を熱い日射しから保護することが、貫頭衣の大きな役目でした。そして水に足を入れての作業では、膝までの丈でないと、水が毛細管現象で、服の繊維のなかを上がってきて、全身ずぶ濡れになってしまいます。

私は、日本は稲作を主たる食料生産の手段とする時代が続いた間は、古墳時代に袴が大陸から入ってこようと、明治維新期に洋服がヨーロッパから導入されようと、この衣服が日本人の基層の衣服として継続したと考えています。和服も、実は貫頭衣の一バージョンで、この衣服に袖がつき、裾が長くなったものにほかならないからです。

こうした男女同形の衣服環境のもとで、どのような美意識や男女観が育っていったでしょうか。

平安末期に、性を取り替えて育てられた姉弟が、さまざまな事件に遭遇して、ついに本来の性に戻り、姉は国母《こくぼ》（皇后）に、弟は左大臣《さだいじん》になり、位人臣《くらいじんしん》をきわめる『とりかえばや』物語という「異性装の男女のサクセスストーリー」が成立しました。『源氏物語』をした下敷きにしているといわれる、シリアスな物語です。

こうした物語が成立しえた背景には、最高の女が、最高の男となり替わりうる「とりかえ」が可能であるという、きわめてユニセックスな美意識がなくてはなりません。また異性愛と同性愛が、同一人のなかで共存する精神状況がなければなりません。まさに前近代の日本は、それが可能な状況にあったわけです。それは、男女の衣服が同じ形であった結果として、衣服の取り替えを奇としない、ひいては性の取り替えすら、タブーとしない意識が存在したからだと思われます。ところで視線を王権の問題に移してみると、男女同形の衣服を基本とした日本列島で、女王卑弥呼《ひみこ》はいったいどんな衣服を着たと考えられるでしょうか？

三世紀の初め、邪馬台国《やまたいこく》の卑弥呼は中国に使節を送り、「親魏倭王《しんぎわおう》」の称号を刻んだ金印をもらいました。中国は、周辺諸民族の支配者を「王」に任じました。これを冊封《さくほう》といいます。「倭王」になることは、中国皇帝の臣下として倭を治める資格を認められることです。

ただ儒教の思想にのっとった中国の価値観では「士大夫《したいふ》」の語が、男性のみをさすことに象徴的に示されるように、支配者・官僚は男性に限られる、つまり「王」は男性でなくてはならないという大前提があったのです。王は男性でなくてはならず、女性が王に任命されることは、まずありません。そもそも「女王」という言葉は、中国には本来なかった言葉なのです。

だから倭の使節は、中国に対して、実は卑弥呼が女性であることをあえて報告しなかったのではないかと、勘ぐってみます。卑弥呼が三十数ヵ国を統率するうえで、魏の権威をうしろ盾にして支配力を増すためにも、「倭王」に任じられることは不可欠でした。しかし女性であることが中国に知れてしまうと王の位はまずもらえないからです。

ところで中国は、周辺諸民族の支配者を王に任じるとき、中国皇帝の臣下になったしるしとして、中国の役人の衣服を与えた可能性があります。ではこのとき卑弥呼は、どのような形の衣服をもらったでしょうか?

彼女が女性であることを隠して、中国側に報告したのだとすれば当然、中国側は、王としての身分をあらわす男性用の衣服を、卑弥呼に与えた可能性があります。

「倭人伝」に、「王となってから、卑弥呼に会った物はまれである」とあって、邪馬台国にやってきた中国皇帝の使者が、卑弥呼に会うことができなかったらしいのです。卑弥呼が女性であることを、金印を携えてやって来た使者に知られないようにするため、会わせなかったからではないでしょうか。「倭人伝」には、「女王」と記載され、卑弥呼が女性であることがすでに知られていることがわかります。しかし、少なくとも最初の遣使のころには、男性であることを前提に、国際関係が成り立っていたとの推定が可能です。卑弥呼は中国側の史料に登場する、史上初の「女王」であり、この後も七世紀の新羅《しらぎ》に善徳女王（？）が出現するまで、「女王」の登場はないのです。

卑弥呼がもらった衣服は、中国から来た使者の着ていた男性用の衣服と似たものであったでしょう。でも邪馬台国は、男女の衣服に性差のない世界でしたから、卑弥呼はなんのためらいもなくこれを着ただろうと考えられます。貫頭衣を着た倭人の世界において、卑弥呼が中国の衣服を着ることは、中国皇帝の権威をうしろ盾にしていることをあらわに示す、最も有効な方法だったからです。

こうした、男女の衣服の形が同じで、女王が男性用の衣服を着て不自然ではなかった状況は、こののち、どのような状況を出現させたでしょうか。

八世紀の半ば、東大寺の大仏開眼会《だいぶつかいげんえ》において孝謙女帝は、父聖武天皇のときに導入された、中国皇帝のかぶる冕冠《べんかん》をかぶり、聖武太上《たいじょう》天皇と光明皇太后と三人お揃いの白い絹の衣服を着て式に臨みました。おそらくこの時代には女帝の衣服と、男性天皇の衣服の区別がなかったと考えられます。それははるか昔の貫頭衣以来の、日本の男女同形の衣服慣行の反映でもあり、卑弥呼が中国の男性官僚の制服を着たこととも通じるものといえましょう。

結果として天皇の衣服は、性を超越したものになったと考えられるのですが、九世紀の初頭に、男性天皇の衣服と女帝の衣服が区別されます。男帝は中国の皇帝の衣装である袞衣《こんえ》をまとい、頭には冕冠をつけることになりました。ここで冕冠は、男性の天皇だけがかぶる冠になります。するとこれを機に、古代には推古天皇以来八代の女帝が相次いで即位したのに、以後女帝の出現はなくなってしまうのです。

それは「天皇は男性であること」という前提が、おそらくこの天皇の衣服規定とともに確定したためではないでしょうか。天皇の衣服が、男女同形であった段階から、男帝・女帝おのおのの衣服が制定されていった経緯の背景に、実は天皇は本来男性であるべしとする観念が強固に形成されていった事態があったのでした。しかし女帝の出現の可能性が全くなくなったわけではなく、まだ江戸時代に明正《めいしょう》、後桜町《ごさくらまち》というに女帝が立つことができました。

これが全面的に阻止されるようになったのは、明治天皇が、洋服を着るようになったからだと考えられないでしょうか。洋服には、男はズボン、女はスカートと、明確に男女の差があります。

明治天皇は維新のころ、眉をそり、白く化粧して頬紅をさし、お歯黒をつけて、女官たちに囲まれて生活していました。しかし維新政府の元勲たちは、天皇にヨーロッパの啓蒙的専制君主への変身を求め、明治六年以降、洋服で暮らすようになりました。軍服を着て、髭を生やした力強い天皇像が、キヨッソーネによって描かれて、御真影として全国に配布され、マッチョで家父長的な天皇イメージがつくられていったのです。

天皇に男性イメージが強くなると、対極の性としての皇后が、王権の不可欠の構成要素として、初めて表舞台に登場しました。それは天皇が性を超越した存在から、片方の性である「男性」になったからではなかったでしょうか。
初めて皇后美子《はるこ》がペアの天皇夫妻として民衆の前に登場した日は、女帝の即位を阻む「皇室典範」が施行された日でもありました。第二次大戦後、男女同権が原則の憲法に則して定められた新しい皇室典範も、女帝の即位を認めず、今そのことが問題になりつつあるのは、このような明治期における天皇制の変質と関係があるのです。

〈2000年12月〉

古代社会における法衣の意味——道鏡の裳

僧侶の可視的条件

奈良時代最大のスキャンダル、弓削道鏡《ゆげのどうきょう》と、称徳《しょうとく》女帝の怪しい関係が、数々の政争を引き起こしている時、これを揶揄して、国中こぞって詠ったという謡歌を、『日本霊異記《にほんりょういき》』（下巻の三十八話）

が伝えている。

法師《ほうし》を裳《も》着《は》きと　な侮《あな》ずりそ
之《そ》が中《なか》に　腰帯《こしおび》薦槌《こもつち》懸《さ》がれるぞ
弥《いや》発《だ》つ時々《ときどき》　畏《かしこ》き卿《きみ》や

（僧侶が女がはく裳すなわちスカートをはいているからといって、馬鹿にしてはいけない。裳の内側には、官位の標識である腰帯と、それに男性のシンボルである陽物も下がっているのだ。これがいきなり立つ時には、いつも恐れ多い行為をなさるお方だぞ）

ここで「僧が、裳をはいているからといって、侮ってはいけない」とは、どういうことなのだろう？　聖武天皇のたった一人の女子であった阿倍皇女は、即位して孝謙天皇となり、さらに重祚して称徳天皇となった。それは自らの病気治療に功のあった、僧道鏡との愛をつらぬくためでもあった。天平神護元年（七六五）道鏡を、まず大臣禅師に任じ、さらの太政大臣禅師に任じた。その時の詔にいわく、「朕は髪をそりて仏の御袈裟を服してあれども、国家の政を行わずあることを得ず。仏も経に勅りたまはく、国王王位に坐す時は、菩薩の浄戒を受けよと勅りてあり。此に依りて念へば家を出ても政を行うにあに障るべきものにはあらず。故是を以て帝の家出していますには、家出してある大臣もあるべしと念いて願います位にはあらねども、此の道鏡禅師を、大臣禅師と位を授けまつる事を諸聞しめさへと宣る……」と、称徳天皇は、出家のみでありながら、上皇として政治を執る自分の身を引き合いに出して、道鏡を大臣の位に就けることの正当性を主張しようとした。

ここで天皇でありながら出家した身であることを、袈裟を着、剃髪することで象徴させている。『日本霊異記』中巻序文にも、聖武太上天皇が「鬢髪《びんぱつ》を剃り、袈裟を著け、戒を受け、善を修し、正を以て民を治めたまふ」とあって、袈裟と剃髪を、出家の視覚的表象としていることにも明らかである。それはなにも譲位し、出家した天皇に特別のことなのではない。たとえば同じ『日本霊異記』中巻の十五話に、酔って眠る乞者の、髪を剃り、縄をかけて袈裟として、出家者に見立てたとあり、剃髪と袈裟が、最低限の出家の、可視的表象であることを明らかにしていよう。

しかしこの説話は、この出家に仕立て上げられた乞者を、有縁の師として、法会を開き、法華経を講じてもらうべく、家にいざない、急いで法服を作ってこれに着せたという顛末を記す。つまりこの話からは、僧侶の身に纏《まと》われるべきは、袈裟だけでなく、「法服」と称されるものが兼備してはじめて、法会を主宰するべき、僧の盛装となりえたと想定できる。

法衣と俗世との関係

袈裟は、本来「三衣《さんえ》」といって、長方形の三枚の布を指していたという。この三枚を、一枚は裳として腰につけ、いま一枚を上衣として纏い、さらに一枚を、防寒の具として、上に着たのである。日本史上最初の出家者は、飛鳥時代の渡来系技術者・司馬達等《しばたつと》の娘、当時十一歳の嶋《しま》であった。嶋は出家して善信尼《ぜんしんに》と名乗ったが、敏達《びだつ》天皇十四年、排仏派の物部守屋《もののべのもりや》によって、海石榴市《つばいち》で「三衣」をはぎ取られ、むち打たれたと『日本書紀』は語る。「三衣」の記述はここに見えるのみである。岩波古典文学大系本は、この「三衣」を単に法衣の衣であろうとする。しかし『日本書紀』の他の僧尼の衣服についての記載において、「三衣」と表記したものは一切なく、「袈裟」とか、「法服」の語が用いられている。だとすればここで「袈裟」・「法服」といわずにあえて「三衣」を称したのは、三枚セットであった法衣を、もろとも、身ぐるみ剥がれたものではなかったかと推定してみる。そもそも「三衣」とは、それぞれが一枚の袈裟であり、「大袈裟」の語に象徴的に示されるように、その大小で区別されたものであった。するとこの書記の記載では「三衣」の語の表記の中に、物部守屋の横暴が、より強調されたかたちで示されていることがみてとれよう。そして法衣の初見記事が「三衣」と表記されていることでも明らかなように、僧侶の法衣は本来、長方形の布を、体に巻いたかたちで構成されたのであって、それゆえ袴すなわちスカートをはいたのであった。裳の裾を、股間に引き上げて、腰のところではさみ、ズボンのようにすることは、かたく戒められた。

『十誦律《じゅうじゅりつ》』は、神護景雲《じんごけいうん》二年（七六八）五月十三日に、称徳天皇が先聖（聖武天皇）の供養のために発願書写せしめた一切経、「神護景雲経」のうちの一巻として、写経され、早く我が国にも知られていたことが明らかであるが、この中に、「比丘《びく》は一切の両股ある袴、一切の褌を用いることをゆるされず」とあって、出家者が袴をはくことを禁じているのは、法衣を構成する不可欠の要素として裳が位置づけられたからであろう。さらには三衣のひとつとして裳が纏われていたものが、後には別に裳が作られるようになった。しかも脛が見えるような高い位置に付けてはいけないとされた。

八世紀に制定された「大宝令《たいほうりょう》」の僧尼令の注釈書である「古記《こき》」は、僧尼が法服を脱ぐことを禁じた本文に対し、その法意を、袈裟・巾裳《きんしょう》を去ることだと解しており、当時の僧侶の法服が、袈裟・巾裳で成り立っていることを明らかにしている。

法衣は本来、質素をむねとし、ボロ布を寄せ集めて作った衣という意味で「糞掃衣《ふんぞうえ》」と呼ばれ、また五條袈裟、九條袈裟、あるいは二十五條袈裟などというように、袈裟も在り合わせの端切れを寄せ集めて、パッチワークのように綴って仕立てられるのが本来のありようであった。色についても、天武朝から厳しく制限が加えられ、養老令《ようろうりょう》の衣服令では、僧尼は木蘭《もくらん》・青緑・黒・黄・壊色《えしき》以外の色を着てはならないとされたが、中国で則天武后《そくてんぶこう》が、「大雲経」を訳して、武后を弥勒菩薩の生まれかわりと説いた功により、僧法朗《ほうろう》に、紫袈裟を賜与したのが始まりで、僧に対しても俗人と同じ、国家の身分に対応した紫や緋色の袈裟や袍が与えられるようになった。玄宗《げんそう》皇帝も僧崇憲《すうけん》に対し、緋袈裟を与え、安禄山《あんろくさん》の乱の平定に功あった僧道平《どうへい》には、紫衣を与えている。

こうした俗世の身分秩序に従った衣服を得ることは、「転衣」といって、心ある仏教者の嘆きの対象となったが、この風習はすぐ日本にも伝わった。聖武天皇は、唐僧道栄《どうえい》に緋袈裟を与え、玄昉には、紫袈裟を与えている。

このように僧侶の世界に俗界の秩序が入り込んでいった中で、真っ向からこれに挑もうとした宗派があった。

捨て聖のファッション

鎌倉時代、新しい仏教の宗派が数々勃興するうちで、最も隆盛を極めたのは、一遍の開いた時宗であったが、一遍は、法服が時代をくだるに従って、俗世の価値観にとらわれた華美なものになっていったことに反発して、粗末な「阿彌衣《あみえ》」を時宗の最高の正式な衣服をして位置づけた。

「阿彌衣」には時代によって変遷があり、袖のついたものなど、諸相があるが、一遍の在世時の当初の形態は、袖無しの、太い繊維をあらい筵のように編んだもので、前を打ち合わせて着る、古代の貫頭衣の系統を引き、当該期にも下層民たちに着用されていたチャンチャンコのような衣服であった（拙稿「一遍聖絵に見える時宗の阿彌衣について――阿彌衣と袈裟――」武田佐知子編『一遍聖絵を読み解く』一九九九年一月吉川弘文館刊　所収）。これは「捨て聖」を自認した一遍の思想の、具体的表出ともいえる衣服であり、当時の最下層民への同化と、俗界にはびこる宗教界全体への批判の意志を、ふたつながら込めた、先鋭的な記号として受け取られた。ゆえに膝丈の、すねを剥き出しにした時宗の姿は、同時代の宗教者たちから、「異形を好み、裳なし衣を着る」（覚如《かくにょ》『改邪抄《がいじゃしょう》』）と、眉をひそめられ、また「如来解脱のたふとき法衣を改めて、畜生愚痴のつたなき馬きぬを着、たまたま衣の姿なる裳を略して、着たるありさ、ひとえに外道のごとし」（藤原有房《ふじわらのありふさ》『野守鏡《のもりかがみ》』）とまで、酷評されなければならなかった。

「外道」・「異形」の指標が「裳なし衣」・「裳を略して着たるありさま」と、裳を着用しないことに求められているのは、最初に述べたように、裳をはくことが、法衣の基本要素とみなされていたからにちがいない。

裳の意味するところ

そこで再び冒頭の、道鏡と称徳女帝を揶揄したあの謡歌にあった、「法師を裳はきとな侮りそ」という文言に立ち戻って考えてみよう。なぜ裳はきであることが、侮りの対象になったのか？　それを解く鍵になるのは、古代における袴と裳の位置づけである。

ふつうに考えると、「裳はき」は、女性であることの象徴と考えられよう。しかし古代、少なくとも八・九世紀には、女性蔑視思想は成立していなかったとされる。一方袴について見ると、八世紀、およそ古代律令国家に勤務する男性たちは、朝服すなわち制服として、公的次元ではすべて位階をあらわす色の袍の下に、一律に白い袴を着た。下は無位の仕丁から奴まで、そして上は天皇にいたる有位官人層すべてが、おおよそ国会にかかわる場合に、袴を着用して、事にあたったのである。

平安時代初期の仏教説話集『日本感霊録《にほんかんれいろく》』には、「大和の国宇陀郡《うだぐん》に一の貧しき人あり。極めて窮しくして、生活に由なし。衣もなく袴もなく、唯だ単の裳を著くるのみ」と、貧しい男性が、袴さえ持たず、裳をはいていたとある。裳は女性だけの衣服なのではなく、俗人の男性も着ていたことが理解されよう。

つまり一様に袴をはいた、天皇を頂点とする律令国家の官僚集団に対して、「裳はき」の語は、女性であることを代弁しているのではなく、古代国家の権力体系に関わらない存在であることを示しているのではないだろうか。権力にかかわらないという点においては、僧侶は、俗界の価値観からすれば侮られる存在だった。しかし道鏡の場合は、天皇と通じることで、まさしく権力体系のただ中に身を置く結果になった。道鏡は僧として袈をはいてはいるものの、位階の視覚的表象である「腰帯」をつけている。すなわち律令国家の体制内へ深くくいこんだ存在であった。それは実は、彼が鷹槌をも併せ持っている故に、男として女帝に仕えることで可能であったという事実を、人々は密かにこぞって唄ったのであった。

〈2002年5月〉

初出一覧

第Ⅰ章　現し世の晨虹

1◆江湖の彩り

「分相応」と「年相応」　『東京新聞』夕刊　1986年1月8日
トカゲのシッポ　「潮音風声」『讀賣新聞』1996年5月20日
一遍の尿療法　「潮音風声」『讀賣新聞』1996年5月23日
メル友共同体　『一冊の本』12月号　朝日新聞社　2001年12月1日
記憶力　『ちょっといい話』第10集　一心寺　2010年8月31日
写真に託す日本人の証し　『朝日新聞』2010年5月22日

2◆女のイマージュ

娘の心意気　「潮音風声」『讀賣新聞』1996年5月21日
リブの闘士？　「潮音風声」『讀賣新聞』1996年5月22日
エム・バタフライ　『女性史学』第6号　女性史総合研究会　1996年7月13日
タフな女の子たちに気づいていますか　『経営者会報』No.488　日本実業出版社　1996年8月1日
若き女性研究者への手紙　『学術月報』第55巻1号通巻686号　日本学術振興会　2002年1月15日
夫婦別姓　書き下ろし　2014年2月

3◆古代からの風

ジグソーパズル　「潮音風声」『讀賣新聞』1996年5月13日

中国四千年のミニチュア　「潮音風声」『讀賣新聞』1996年5月15日

男装埴輪断想　『はにわのとも』第8号　埴輪研究会　1996年7月12日

想像ふくらむ豪華な副葬品　『朝日新聞』2001年2月2日

古代の巨大建築、交流招く　『朝日新聞』2004年9月26日

古代のゆかた　『ちょっといい話』第10集　一心寺　2010年8月31日

4◆書見の栞

眠りの装いを考える　『朝日新聞』2003年5月4日

女かくたたかえり　『朝日新聞』2003年6月1日

女性はミシンを踏み内職に勤しんだ　『朝日新聞』2004年5月23日

良品が呑み手に届かぬもどかしさ　『朝日新聞』2004年11月28日

「食べるいたみ」に無縁の社会を批判　『朝日新聞』2005年2月27日

おんなの顔が見える物語　『宮尾本平家物語』4玄武の巻（文庫版）〈解説〉
朝日新聞社　2008年7月30日

第Ⅱ章　ゆかりの虹橋

1◆私事来歴

私のライフワーク　『はたがや社教館だより』第１１６号　渋谷区立幡谷社会教育館　１９８６年６月１日

『古代国家の形成と衣服制』にいたるまで　『早稲田学報』復刊41巻第１号　通巻９６９号　早稲田大学校友会　１９８７年１月15日

石母田先生の思い出　『石母田正著作集』第10巻月報９　岩波書店　１９８９年８月

竹内理三先生の想い出　『竹内理三　人と学問』東京堂　１９９８年３月２日

ズボンとスカート　『Handai Walker』No.１３１　大阪大学生活協同組合　２０１１年４月

２◆合縁奇縁

広島の村長ふたり　『サステナ』２００８年９号　東京大学サステイナビリティ学連携研究機構　２００８年10月

大正・昭和の大阪天満宮天神祭　『てんまてんじん』第32号　大阪天満宮社務所　１９９７年７月20日

お墓と戒名あれこれ　『大法輪』第69巻10号　大法輪閣　２００２年10月１日

ガスビルと大阪学士会倶楽部　『学士会会報』第８７７号　社団法人学士会　２００９年７月１日

第Ⅲ章　旅路の彩虹

「右衽」と「左衽」　『中央公論』１９８６年５月号　中央公論社　１９８６年５月１日

ザリガニとワニとひょうたん　『ひろば』第88号　大阪外語大学学生部　１９８７年４月10日

豪華ホテルのポリシー　「潮音風声」『讀賣新聞』１９９６年５月14日

砂漠のなかの街で　「潮音風声」『讀賣新聞』１９９６年５月16日

日本を向く墓石　「潮音風声」『讀賣新聞』１９９６年５月17日

草原の情報ルート　「潮音風声」『讀賣新聞』１９９６年５月18日

ベトナム紀行　『あざみ』第19号　薊の会　２００６年４月１日

銀の道が運んだワニ　『図書』第６９９号　岩波書店　２００７年６月１日

西馬音内の盆踊り　『東北文学の世界』第21号　盛岡大学文学部日本文学会　２０１３年３月13日

世界遺産の火葬場　書き下ろし　２０１３年10月

第Ⅳ章　時と装いの天虹

中国の民族衣装を紀行する　『中央公論』１９８９年５月号　中央公論社　１９８９年５月１日

古代日本人の衣服と世界観　『古代史を語る』朝日選書４５０　朝日新聞社　１９９２年５月25日

＊朝日新聞夕刊の連載シリーズ〈古代漂流〉をまとめたもの。掲載は左記。

〈古代漂流〉17「弥生の国際的衣服」１９９０年６月22日

〈古代漂流〉18「実用とブランド品」１９９０年６月29日

〈古代漂流〉19「男たちが脱いだ時」１９９０年７月６日

〈古代漂流〉20「道は京から一直線」１９９０年７月13日

〈古代漂流〉21「行基図の空間認識」１９９０年７月20日

装いの標識　『中世の光景』朝日選書５１２　朝日新聞社　１９９４年10月25日

＊朝日新聞夕刊の連載シリーズ〈中世の光景〉をまとめたもの。掲載は左記。

初出一覧

〈中世の光景〉77「踊る僧尼」１９９３年７月10日
〈中世の光景〉78「市女笠の山」１９９３年７月17日
〈中世の光景〉79「異形の太子」１９９３年７月24日
〈中世の光景〉80「男性美」１９９３年７月31日
〈中世の光景〉81「とりかえばや」１９９３年８月７日

衣服の歴史から見た天皇制　『れきし』65号　日本史講座機関誌　ＮＨＫ学園　１９９９年３月１日

男女同形だった日本人の衣服　『日本史がわかる。』AERA MOOK　朝日新聞社　２０００年12月10日

古代社会における法衣の意味　『大法輪』第69巻５号　大法輪閣　２００２年５月１日

＊本書収録において、多少の加筆修正を行った。
また、用字・用語の表記については最低限の統一にとどめ、各文初出時の統一に従った。

◆著者プロフィール

武田佐知子（たけだ さちこ）

1948年10月２日　東京都生まれ

1971年３月　早稲田大学第一文学部卒業
1977年３月　早稲田大学大学院文学研究科史学専攻修士課程修了
1985年３月　東京都立大学大学院人文科学研究科史学専攻博士課程修了
　　　　　　文学博士
1997年１月　大阪外国語大学教授
2007年10月　大阪大学理事・副学長
2009年10月　大阪大学文学研究科教授
　　　　　　現在に至る

〈専門〉
　日本史学　服装史　女性史
〈主著〉
『古代国家の形成と衣服制——袴と貫頭衣』（吉川弘文館、1984）
『信仰の王権　聖徳太子——太子像をよみとく』（中公新書、1993）
『衣服で読み直す日本史』（朝日新聞社、1998）
『娘が語る母の昭和』（朝日新聞社、2000）
『古代の衣服と交通——装う王権・つなぐ道』（思文閣、2014）
〈受賞〉
　1985年　サントリー学芸賞　思想歴史部門
　1995年　濱田青陵賞
　2003年　紫綬褒章

いにしえから架かる虹——時と装いのフーガ

2014年3月25日　初版1刷発行

著　者　武田佐知子
発　行　いりす
〒113-0033 東京都文京区本郷1－1－1－202
TEL 03-5684-3808　FAX 03-5684-3809

発　売　株式会社同時代社
〒101-0065 東京都千代田区西神田2－7－6
TEL 03-3261-3149　FAX 03-3261-3237

印刷・製本　モリモト印刷株式会社

定価はカバーに表示してあります。落丁・乱丁はおとりかえいたします。
ISBN978-4-88683-760-8